ごきげんな散歩道

森沢明夫

日々の小さな散歩を愉しみながら、短くて、ゆるくて、お気楽なエッセイをしたためてみました。

写真はすべて、ぼくがスマートフォンで撮影したスナップです。かつて、写真集編集者をやっていたわりに下手くそで恐縮なのですが、多少なりとも散歩道の雰囲気を感じて頂けたら、と思いまして——。

では、ごきげんな散歩道へ、のんびりと歩き出しましょう。

肩の力を抜いてお付き合い下さい。

目次

第2章 猫ちゃんパワー …… 057

デザイン　駒井和彬（こまゐ図考室）
装　画　フジモト・ヒデト

第1章

空を見上げて、心を広げて

1 自転車すげえ〜っ！

うちの近所に、まっすぐな線路沿いの一本道があります。

そこは、ほとんど車が通らないうえに、日当たりがよく、見通しもいい、かつてのぼくの通学路です。歩いていて気分がいいので、ぼくはよく散歩道として使っています。

ある晴れた日の午後——。

買い物帰りのぼくがその道にさしかかったとき、遠く正面から甲高いちびっ子のはしゃぎ声が聞こえてきました。

「ひゃ〜っははは〜！」

あまりにもテンションの高い声だったので、ぼくはその声の方へと目を凝らしました。

すると、とても小さな自転車に乗った三〜四歳くらいの男の子が、猛烈な勢いでペダルを漕ぎながら、こちらへと近づいてくるのでした。

「すっげー！　すっげー！　めっちゃはええーっ！」

男の子は全力でペダルを回しながら、心の声をそのまま叫んでいます。そして、よく見ると、その後ろをジャージ姿のお父さんが追いかけていました。

「お〜い、止まってくれ〜！　ストップだよ〜！」

しかし、男の子は完全に無視して、さらに速度を上げます。

「ひゃっはははは！　すっげー！　自転車って、はええーっ！　自転車、すっげー！」

風を受けた男の子の前髪はすべて上がって、広いおでこが丸出しです。しかも、その笑顔の明るさときたら、もう半端じゃありません。漫画でしか見たことがないような、でっかい笑顔なのです。

見ているぼくも完全に釣られて笑ってしまいました。

しかし、哀れなのは、男の子を追いかけるお父さんです。きっと、普段から運動不足なのでしょう、すっかり疲れ切って、息が上がり、ふらふらになっています。

「お〜い、お願いだから、待ってくれよぉ〜」

という力無い呼びかけを、あっさり無視して逃げていく男の子。

「すっげー！　自転車、すっげー！　こんなにはええーの！」

このとき、ぼくは、笑いながら、ふと思いました。

そうか。自転車に乗れたばかりの頃って、そのスピード感、爽快感、そして、自由を得たような感覚に、思いっきり感動していたはずなんだよな――、と。

ぼくはいまオートバイ乗りなので、今度からオートバイに乗るときは初心を思い出して、心のなかで「すっげー、すっげー、オートバイって、はぇえ！ 最高だぁ！」と阿呆みたいに叫びながら乗ってみようと思います。だって、乗り物って、そもそも、それくらい「幸せのポテンシャル」を秘めているってことですもんね。人間の側がその楽しさに勝手に慣れてしまい、無感動になっているだけで……。

そういえば、十年ほど前に、ぼくは左膝に大怪我を負いました。

靭帯《じんたい》が切れたうえに、半月板（軟骨）の一部が崩れてしまったのです。もちろん救急車で運ばれ、手術と入院を余儀なくされました。

そのときの手術は無事に成功しましたが、術後は十日間ほどの入院が必要となりました。

人生ではじめての入院と、術後の膝の痛みに悶々としていたぼくは、とにかくベッドの上でひたすら読書をしていたのですが、ふとした瞬間、病院の廊下を弾むように歩く小学生の女の子の姿が目に入りました。

そして、ぼくは息を呑みました。

その少女が、やたらときらきら輝いて見えたのです。

歩けるって、めちゃくちゃ幸せなことだったんだ——。

情けないことですが、ぼくは自分が歩けなくなってはじめて、そんな当たり前のことに気づけたのでした。


「はええっ！　自転車ってすげえっ！　ひゃははは！」

漫画みたいな男の子が、ぼくの横をビューンと通り過ぎていきました。

「はあ、はあ……、ま、待ってくれよぉ～」

いまにも倒れそうなお父さんが、よろよろとこちらに向かって歩いてきます。

お父さん、がんばれぇ！

胸裏で声援を送ったぼくは、いつの間にか少し大股になっていました。あの膝の手術のあと、とにかく普通に歩けるようになりたくて、必死にリハビリに励んだ日々を思い出したのです。

すっげー、すっげー。歩けるって、最高に幸せじゃん。

頭の上にはよく晴れた空が広がっていて、気持ちのいい風が吹いていて、漫画みたいな親子と出会えて、足元にはタンポポが咲いていて、そして普通に歩いている自分がいて。

本当に、最高じゃん——。

そう思ったとき、ようやくお父さんとすれ違いました。

すれ違ってすぐに、いったん遠くなっていった男の子の声が、再び近づいてくることに気づきました。きっと、このまっすぐな道路の終点でUターンしたのでしょう。

お父さん、よかったね。

ぼくは、どんどん大きくなってくる男の子の声を背中で聞きながら、まっすぐな道を揚々と歩いたのでした。

見上げた空には、複雑で美しい雲。
上空ではどんな風が吹いているのかな？

2 四つ葉なら、いいよね?

うちから少し歩いたところにある自販機でドクターペッパーが売られるようになりました。

ドクターペッパーって、わりと癖の強い炭酸飲料なので、苦手な人も多いようですけど、何を隠そう、ぼくにとっては正統派「胸キュン飲料」です。高校時代の学校帰りに、ほぼ毎日飲んでいたんですよね。

ドクターペッパー。直訳すると、「コショウ博士」?

当時は何も考えずに飲んでいましたけど、よくよく考えると、ちょっとおもしろいネーミングですよね。


さて、その正統派「胸キュン飲料」を片手に、近所の公園をぶらぶらしていると、芝生の広がりの一角にクローバーの群落を見つけました。和名はシロツメクサ。白い花を咲かせることと、江戸時代にオランダから運ばれてきたガラス製品の入った箱のなかに乾燥させたクローバーが「クッション材」として詰められていたことから、「白詰草」と命名されたと言われています。

なんて能書きはともかく、ぼくは昔からクローバーの群落を見つけると「血が騒ぐ」タチです。わけもなく幸運の四つ葉ちゃんを見つけたくなるんですよね。

ところで、四つ葉を見つけるにはコツがあるそうです。いわく、近視眼的に地面に顔を寄せて探すのではなく、空手の達人のように「一箇所を見ているようでいて、全体を眺める」のがいいのだとか。

そのコツ、誰に教わったのかは忘れましたけど（笑）

でも、たしかに、その方が見つかる気がします。あくまで個人的な感想ですけどね。

そういえば以前、テレビの深夜放送で、とある小学生の女の子が驚異的な速度で四つ葉を見つけていく様子がオンエアされていました。数秒にひとつくらいの早業で発見するのです。それを観ていて、ぼくはふと思い出しました。うちの娘も幼稚園生の頃、いとも簡単に四つ葉を見つけていたな、と。さすがにテレビのように数秒にひとつとまではいきませんが、三〇秒にひとつくらいのペースで摘んでいた記憶があります。

あのとき、驚いたぼくは娘に訊きました。

「どうやったら、そんなにたくさん見つけられるの？」

すると娘は平然とした顔でこう言ったのです。

「あの辺かなぁ、と思って見てると、四つ葉のあるところがボワーって光って見えるから、そこを探すとあるよ」

これも、いわゆる「空手の達人の目」ですよね。

で、さっそくぼくも言われたとおりにやってみたのですが、残念ながら娘のレベルには到底及ばず……。それでも、数本は見つけられたので、成果は上々なのでした。


というわけで、正統派「胸キュン飲料」を飲み干したぼくは、久しぶりに「達人の目」でもって四つ葉探しにチャレンジ。

どこだ、どこだ、と探していたら、いつの間にやら顔がどんどん地面に近づいていって、気づけば腰が直角に折れた老人みたいな姿勢になっていました。達人からはもっとも離れた素人のフォームです。

でもね、見つけちゃったんですよ。ひとつだけですけど。

四つ葉を見つけたあとの帰り道は、自然と歩幅も広がります。顔が上がって、空を眺めている時間も増える気がします。

散歩から帰ってパソコンを立ち上げ、なんとなくＳＮＳを見ると、女性のフォロワーさんが「四つ葉のクローバーを見つけました」と喜びの投稿をしていました。

わーお、ぼくと同じタイミングで！

と、ちょっと感動しながら、その人がアップした写真を見てみると――、なんと、その四つ葉はクローバーではなく「カタバミ」の葉っぱなのでした。

クローバーの葉っぱは、ひとつひとつが丸っこいのですが、カタバミは可愛らしいハート形をしているので、すぐに見分けがつきます。

葉が丸っこい四つ葉のクローバー

ぼくは、あえて間違いを指摘せず、そっと「いいね」を押しておきました。カタバミも三つ葉がほとんどで、四つ葉は珍しいですし、ハート形の方がむしろ幸運に恵まれそうですもんね。

葉がハート形なのはカタバミ

3

お寺の掲示板が楽しみ

Tシャツ、短パン、ビーチサンダルという、お気楽な格好で散歩をしていたときのことです。とあるお寺の門前に設置された掲示板の「書」を見て、ぼくは足を止めました。

人生に失敗がないと
人生を失敗する
精神科医　斎藤茂太

斎藤茂太さんといえば、「モタさん」の愛称で知られた人気のエッセイスト（故人）ですが、さすがに上手いこと言うなぁ、と思って写真を撮ってしまいました。

失敗を経験することって、本当に大事ですよね。

かつて自著にも書きましたが、ぼくは「人生にあるのは、成功と失敗ではなく、成功と学び」だと思っています。

つまり「失敗＝学び」。

人は失敗からあれこれ学んで、成長して、より味わい深い心豊かな人生を送れるようになる。そんな気がしているんです。

そういえば、以前もこの掲示板にちょっと素敵な名言が張り出されていたので紹介しますね。

拍手されるより
拍手する方が
心は豊か
俳優　高倉健

この言葉も、ぼくには響きました。

他人の美点を見つけて、そこに素直な気持ちで拍手を送れる人って、ほぼ間違いなく心が豊かな人ですもんね。

もっと言えば、他人のことまで拍手して喜べる人は、自分の喜びと他人の喜び、それら両方を喜べる「人生に喜びが多い人」とも言えます。

たった一度の人生、喜びの数は単純に多いに越したことはないはずです。ならば、高倉健さんの言うように、心豊かな「拍手する人」でいたいなぁ――、なんて思うんですけど、でも、やっぱり欲のあるぼくは、心のどこかで周囲からの拍手を欲しがっちゃうんだろうな。

それにしても、散歩の途中にこういう名言と出会えると、ちょっと得をした気分になれます。

誰もが見られる掲示板に、わざわざ「書」を書いて貼って下さるお寺の住職さん(かな?)に素直に感謝しつつ、

拍手!

次はどんな名言と出会えるのか楽しみにしながら、また、ふらっと通りかかろうと思います。

ビーチサンダルのかかとをぺたぺた鳴らしながら見上げる
夏空が好きです

4

セミの目で世界を見ると

九月になっても、まだまだ夏が抜け切らない感じです。

昼間は相変わらずセミたちが鳴いていますし、気温は余裕で三〇度超え。でも、日が暮れかけると雰囲気は一変して、秋の虫たちの恋歌が宵闇《よいやみ》を満たします。

夏から秋へ――。

なんとなく「淋しさ」の成分を含んだ生ぬるい風が吹くこの季節は、情感のこもった小説を書くのにもってこいな気がします。でも、ずっと書いてばかりだと肩が凝るので、ぼくは散歩に出かけます。終わりゆく夏の匂いをかぎながら、ゆるゆると。


この日は直射日光を避けたくて、なるべく樹々の茂った道を歩きました。

樹上からは、無数のセミたちの声が降ってきます。

でも、ぼくの足元には、すでに短い寿命を終えて力尽きたセミたちの亡骸《なきがら》がいくつも転がっているのでした。

少し強い風が吹いて、ぼくの着ていたTシャツがはためきました。すると、ひとつの亡骸がアスファルトの上をころころと転がりました。乾いた枯葉のような音がして、それがずいぶんと物悲しく響くのでした。

風の当たらないところにある別の亡骸は、蟻たちの群れにたかられていました。生命を謳歌する頭上のセミと、土に帰っていく足元のセミ。その鮮明すぎるコントラストには、毎年、心打たれるものがあります。

そういえば、ぼくの知り合いのプロデューサーが手がけたテレビドラマ『セミオトコ』も、いよいよ最終回を迎えました。

このドラマ、最近のドラマにしてはちょっと珍しいほど設定がぶっ飛んでいて、なんと、セミがイケメン男子の姿になって現れて、人間の女性と恋をします。しかも、二人が一緒にいられる時間は、セミだけに七日間という――。

死別を前提にした恋。

それだけで、すでに切ないですよね。

しかし、よくよく考えてみると、ぼくらだって、出会ったすべての人と、いつかは別れることになっています。

そこに例外はなく、別れの確率は「一〇〇パーセント」です。

人間も『セミオトコ』と同じく、別れを前提にした出会いしか出来ないんですよね。

そのことをふまえて、ちょっと周囲の人を見渡して下さい。あるいは、大切な人、離れている知人のことを想ってみて下さい。

いま、あなたが見た人、想った人、そのすべての人たちと、いつかは必ず別れることになっています。

そう思うと、別れの瞬間がくる前に、いまより少しでも親しく心を交わしておきたくなりますし、そもそも、出会いそのものが貴重なことであるように感じられませんか？

ドラマ『セミオトコ』では、人間として生きる「セミオ」が、作中に何度もこう言います。とても、とても、幸せそうな顔をして。

「ああ、なんて素晴らしい世界なんだ！」

七日間という命の期限を意識している「セミオ」の目には、この世界のすべてがキラキラして見えているのです。つまり、「死」を意識しているからこそ、限られた「生」の美しさをしっかりと味わえているわけです。

たとえば、人生に一度しか卵かけご飯を食べられないとしたら、その一度の食事は全力で味わいますよね？

それと同じように、ぼくらは二度と味わえない瞬間を、ひたすら連綿と繰り返しながら生きています。そう思ったら、一瞬、一瞬を、丁寧に味わわないともったいないですよね？

せっかくなので、ぼくも「セミオ」の目で、終わりゆく夏を感じながら散歩することにしました。

そうしてみたら――、単純なぼくには、吹き渡る風も、街のノイズも、空の色も、

「セミオ」の目で見上げたヒマワリ

すれ違う人も……目に映るすべての色とカタチが新鮮で、愛おしいものに思えてくるのでした。

そして、気づけば、空を見上げて深呼吸をしていました。

終わりを意識した「セミオ」の目で世界を味わう散歩。

これは、かなりおすすめです。

この真っ青な空も一期一会。
二度と出会えない風景なんですよね

5 オシロイバナでパラシュート

小中学校時代の通学路をのんびり散歩していたら、赤いランドセルを背負った二人組の少女たちと出会いました。

見た感じ、小学二年生くらいでしょうか。

二人は車通りの少ない住宅地の道端で、キャッキャと楽しそうにはしゃいでいます。

何がそんなに楽しいのかな？

すれ違いざまにチラリと視線を送ったぼくは、微笑ましさのあまり思わず目を細めてしまいました。

なんと、少女たちはオシロイバナを摘んで、それをパラシュートにして遊んでいたのです。

この遊び、ぼくも子供の頃によくやったなぁ……。

いやぁ、なつかしい。

オシロイバナは、たいてい夕方前くらいに咲きはじめて、翌日の午前中にはしぼんでしまうという、ちょっと短命な儚《はかな》い花なので、日本では「夕化粧」などと風流な名前で呼ばれたりもしています。ちなみに午後四時くらいから花開く様子から、英語では「フォー・オクロック（＝四時）」というそうです。

ひらひらと花びらのように見えている部分は、じつは「ガク」で、その「ガク」の根元にある緑色の丸い塊の中身が種子です。

熟して黒くなった種子を割ると、なかには白い粉末が入っているのですが、この粉を化粧に使う「おしろい」に見立てたことから「オシロイバナ」と命名されたという話は、もはや釈迦に説法ですよね？

さて、その散歩の帰り道。

オシロイバナ

ぼくは、あえて同じ道を引き返してきました。

オシロイバナが咲いているところには、もう少女たちの姿はありませんでした。

よし、久しぶりに、やってみようか――。

ぼくは、なるべく大きくて形のいいオシロイバナをひとつ摘むと、種子を包んでいる緑色の「苞《ほう》」をむしり取り、むき出しになった種子をそっと引っ張りました。

種子は雌しべとつながっているので、スルスルと糸状の雌しべが引き出されます。

これで「パラシュート」の完成。

緑の「苞」ごと錘《おもり》にするパターン

種子だけを錘にするパターン

やわらかな秋風が吹く高い空に向かって、ぼくは何十年振りかに自作の「パラシュート」を放り投げました。

オシロイバナ自体が軽いので、あまり高くは飛びません。

落下してくる様子もふらふらと不安定で、「パラシュート」と呼ぶにはあまりにもお粗末です。

でも、いいんですよね、これはこれで。

ぼくはなんだかしみじみ嬉しくて、足元にぽとりと落ちたオシロイバナを拾い上げては、もう一度、秋空に向かって「それっ」と放り投げました。するとこんどは、さっきよりも幾分マシな「パラシュート」になってくれました。

秋空に放り投げて遊びました

6 「椿笛」を大人が鳴らすと

ある夜――。

猛烈な台風が、ぼくの住む千葉県を直撃しました。

高台に建つ我が家は、突風をモロに喰らうので、まるで地震のように揺れました。

ぼくは、家が倒壊するのではないかとハラハラしながら連載小説の原稿を書いていたのですが、その内容が、よりによって台風のシーンなのでした。偶然にしては、ちょっと出来過ぎですよね。おかげでリアリティーのある原稿になった気がしますけど。


そして、台風一過の翌朝――。

被害を確かめるべく外に出てみると、五〇年も前からある庭木（けっこう太い）の幹が、根元近くでポッキリと折れているではありませんか。

さすがに、これには驚きましたが、でも、被害らしい被害はその庭木だけで、他はなんとか無事でした。

いやはや、人生でいちばん怖い台風でした……。


ところで、嵐のあとの世界って、独特の雰囲気がありますよね？ 汚染された空気が吹き飛ばされてしまうからでしょうか、違和感を覚えるほどに空気がきれいな気がしますし、木々の枝葉やゴミなどが道に散乱しているので、普段は味わわないような殺伐とした荒涼を感じて、なんだか胸の奥がざわざわします。腐葉土に似た湿り気のある匂いも独特だなぁ、と思います。


さて、ぼくは、この日も散歩に出かけました。

歩きはじめてすぐのこと、靴の裏でパキッと乾いた音が鳴りました。何やら固いモノを踏んづけて、壊してしまったようです。

いったい何を踏んだのか？

気になって足元に視線を落とすと、散乱した枝葉に混じって、焦げ茶色の物体がいくつも転がっていることに気づきました。

正体は、椿の実でした。

嵐で枝が揺すられて、実がまとめて落ちたのでしょう。

椿の実といえば、いわゆる「椿油」が取れることで知られていますが、ぼくにとっては「遊びのタネ」です。

じつは、とても単純な作業で、ものすごく大きな音の出る「椿笛」が作れるのです。子供の頃、ぼくはこの笛を作っては、遠くにいる友達に何かを知らせる合図として吹きまくっていました。

嵐で落ちた椿の実

では、作り方を伝授しましょう。

まず、椿の実の尖った部分をコンクリートなどにガリガリとこすりつけて削るのですが、これが、なかなか大変。椿の実は固いので、とりわけ子供にとってはひと仕事になります。でも、根気よくやってさえいれば、小学校低学年の子供でもできるので、あきらめずにやってみましょう。なるべくザラザラしたコンクリートを見つけてこすりつけると早く穴が空きます。

直径五ミリくらいの穴が空いたら、削る作業は終了。今度はその穴に細くて丈夫な木の枝などを突っ込んで、なかの椿油をすべて掻き出します（ステンレスの耳かきを使うと、より簡単に、しかもきれいに掻き出せます）。

椿油をすべて出せたら完成です。

笛の鳴らし方もいたってシンプルです。

空き瓶《ビン》をボーッと鳴らすのと同じ要領で、空けた穴に斜め横から息を吹き込みます。このとき、唇を細くして、思い切り吹くのがコツです。

すると、ピーッ！　と甲高い音が鳴ります。

近くにいる人は、思わず耳を塞《ふさ》いでしまうくらいの、それはそれは大きな音が出るので、良い子は（もちろん大人も）人の耳元で吹くのはやめましょう。


この日のぼくは、とりあえずいくつかの椿の実をみつくろってジーンズのポケットに入れると、そのままぶらぶらと散歩をして、嵐のあとの「非日常」を味わいました。そして帰宅後、自宅のブロック塀に、拾った椿の実をガリガリとこすりつけたのです。

子供の頃は、なかなか空かなかった穴も、マッチョな大人のパワーでこするとあっという間だったので、完成した椿笛のありがたみが昔とはかなり違うことに気づいてしまったのでした。

さて、昔ほど苦労せずに完成させた椿笛に、またしても大人のパワーで息を吹き込み、思いっきり笛を鳴らすと――。

ビイイイイイイ！

自分の耳がキーンとなるレベルの音が炸裂。

ぼくは思わず笑いながら自分に向かって「うるさっ」とつぶやいてしまいました。

でもね、懐かしい椿笛が想像以上によく鳴ってくれたので、気分は上々なのです。

お子さんがいる方は、ぜひ一緒に作って遊んでみて下さいね。

完成した椿笛

7

公園のベンチで読むべき本は

金木犀の香りと彼岸花の華やかさに目を細めながら、とある公園に向かって歩きました。そこは、うちからそう遠くない、小学生の頃によく遊んだ公園です。

目的は、本を読むこと。

秋のいい風に吹かれながら、公園のベンチで日がな一日のんびり小説を読むという行為は、活字中毒者にとっては大いなる悦楽のひとつだろうと思います。

さて、公園に着いたぼくは木陰のベンチに座って、少し色褪せた文庫本を開きまし

大きな樹の下のベンチがお気に入り

た。タイトルは『風の旅団』。発売は、ちょっと古くて一九八八年。著者の戸井十月《といじゅうがつ》さんが四〇歳くらいの頃に書いた、オートバイでタクラマカン砂漠を疾駆する冒険小説です。

戸井さんは、ぼくにとって歳の離れた兄貴のような存在でした。「でした」と過去形で書くのは、二〇一三年の夏に肺癌で亡くなってしまったからです。

戸井さんとの出会いは、ぼくがまだ二十代の編集者だった頃のことでした。当時のぼくは、どうしても戸井さんと仕事をしたくて、「ぜひ、ぼくに原稿を下さい」と直談判をしに、原宿にあった戸井さんの事務所へ押しかけたのでした。

すると戸井さんは、「お前、おもしろいな」と言って飲みに連れていってくれて、後日、ぼくに原稿を預けてくれたのでした。で、それ以来、公私ともに可愛がってくれたのです。

そんな感じだったので、当然ぼくは戸井さんの著書はすべて読破しているつもりでいたのですが、つい先日、ネットサーフィンをしていたら、未読の一冊『風の旅団』を見つけてしまったのでした。

ぼくは公園のベンチで、静かにページをめくりはじめました。

色褪せた古いページをめくるごとに、公園を走り回っているちびっ子たちの歓声が遠くなっていきます。そして、いつしかぼくは、小説の主人公と一緒にタクラマカン砂漠を旅していました。

後半、物語が深まってくると、戸井さんからの強いメッセージを感じさせるシーンが続きました。そして、そのメッセージは、いま現在のぼくが考えていることと寸分違《たが》わず同じだったので、なんだかしみじみ嬉しくなってしまいました。でも、正直を言えば、もっと生前の戸井さんと酒を酌み交わして、たくさんのことを教えてもらえばよかったなぁ……という後悔を味わうハメにもなりました。

人生なんて本当にあっという間ですから、会いたい人には、会いたいときに、さっさと会いに行くべきですね。

ぼくが会社を辞めてフリーランスになろうと決めたのは、二十代後半のことでした。

彼岸花。別名、曼珠沙華とも

そのとき戸井さんは、ぼくを銀座の「文壇バー」に連れて行ってくれました。年季の入ったカウンター席で、戸井さんはウイスキー片手に言いました。

「なあ森沢、会社員を辞めてフリーになるって、怖いだろ？」

ぼくは素直に「怖いです」と答えました。

「だよな。俺もそうだったから分かるよ。でも、ひとつだけ大事なことを守っていれば、フリーでも食っていけるから大丈夫だ」

「大事な、こと？」

「ああ。それはな、どんなに小さな仕事でも、どんなにくだらない仕事でも、どんなに苦手な分野の仕事でも、いったん引き受けた以上は一ミリだって手を抜かないこと」

「…………」

「それさえ守っていれば、どんなピンチが訪れても、必ず誰かが手を差し伸べてくれるからさ」

戸井さんは、そう教えてくれたのでした。

そして、その教えを愚直に守り続けてきたぼくは、おかげさまでフリーランスを続けられています。

さて、その文壇バーでの会話から約十年後――。

戸井さんと飲んでいたときに、ぼくは少し照れながらお礼を言いました。あのときの教えがあったからこそ、ぼくは小説家になれました、と。

すると戸井さんは、ぼく以上に照れながら、「俺、そんな偉そうなこと言ったか?」と、薄笑いでとぼけたのでした。

そんな生身の戸井さんとは、もう二度と会えませんが、でも、戸井さんの「作品」＝「スピリット」には何度でも触れられます。作家の肉体は滅びても、「伝えたいこと」は、半永久的に作品のなかに残っていますからね。

それにしても――、公園のベンチというところは、つくづく他界した作家の本を読むのに向いているようです。

ただ上を向くだけで、空が広がっていますから。

8 凄すぎる日本のコンビニ

日本各地に甚大な被害をもたらした、のろくて巨大な台風十九号は、フィリピンのタガログ語で「ハギビス」と命名されました。意味は「最悪の」とか「暴君」とかではなくて「素早い」だそうです。そんな名前なら、もっともっと素早く通り抜けて欲しかったですよね。名前負けしています、ほんと。

最近、ネットのニュースで知ったのですが、台風の名称って「台風委員会」に加盟している十四カ国が、あらかじめ一四〇個もの名前を提出して、それを「リスト」にしているのだそうです。で、台風が発生するごとに、リストの上から順番に命名していくのだとか。ちなみに一四一個目の台風は、ふたたびリストの一番目に戻って命名される。つまり、数年ごとに同じ名前の台風が登場するという仕組みになっているわけです。

さて、名前負け台風「ハギビス」が、ぼくの住む千葉県を完全に通過したのは真夜中すぎのことでした。

そして、朝の四時頃、ようやく原稿が一段落したぼくは、ちょっくら「台風一過の散歩」をしてみようか、という気になり、ふらりと外に出てみました。四時といっても外はまだ真っ暗です。

すうーっと吹いてくる風は、甘さを感じるほど澄み切っていて、思わず深呼吸をしてしまいました。

足元にはゴミや葉っぱが散乱し、空を見上げると、遠いマンションの上にまんまるなお月様が浮かんでいます。

驚いたのは、悪魔のような台風が通過したばかりにもかかわらず、ちらほらと人の姿があったことです。国道には（時折ですが）車が走っているし、道端をぶらぶら歩きながらスマートフォンをいじっている人の姿もあるのです。

まだ真っ暗な朝の四時ですよ？

朝四時のまるい月

この人たちは、いったい何をしている人なのだろう？　と、自分のことを棚にあげて訝しんでいるぼくもきっと、不審な人だと思われていたのでしょうね。

歩き慣れた道は、あちこちに大きな水たまりが出来ていました。

そして、そのなかのひとつに、コンビニの看板の灯りが映り込んで、ゆらゆらと揺れていました。

なんと、なんと、あの台風のなかでも開店していたのです。

日本のコンビニ、凄すぎる――。

感動というか、なかば呆れつつ、ぼくは店内に入っていきました。

お客は、やっぱり、ぼく一人です。

弁当や惣菜などの商品棚は空っぽでした。皆さん、備蓄のために買い溜めしたのでしょう。仕方なく、ぼくは缶コーヒーとカップラーメンを手にして、レジへ。

レジには顔なじみの若い外国人の店員さんがいて、いつも通りの声で「いらっしゃいませ」と笑いかけてくれました。

「さすがに今夜は開いてないと思ったよ。この台風の夜に、お客さん、来た?」

商品を手渡しながら訊ねると、彼はちょっぴり肩をすくめて微笑みました。

「うーん、少しだけ来ましたね。ワタシもびっくりです」

ちゃんと仕事をしに来ている君にもびっくりだけどね——、と内心で拍手をしながら、ぼくはコンビニを後にしました。

静かな、静かな、夜明け前の、嵐のあと。

やさしい月明かりと、南国みたいな甘い風。

揺れる水たまりに注意して歩きながら、ぼくは憶《おも》いました。

あの猛烈な暴風雨のなか、コンビニを利用しなくてはならなかった人たちには、それなりの——というか、かなり強固な理由があったはずで、そして、その人たちにとって、このコンビニの小さな灯りと店員

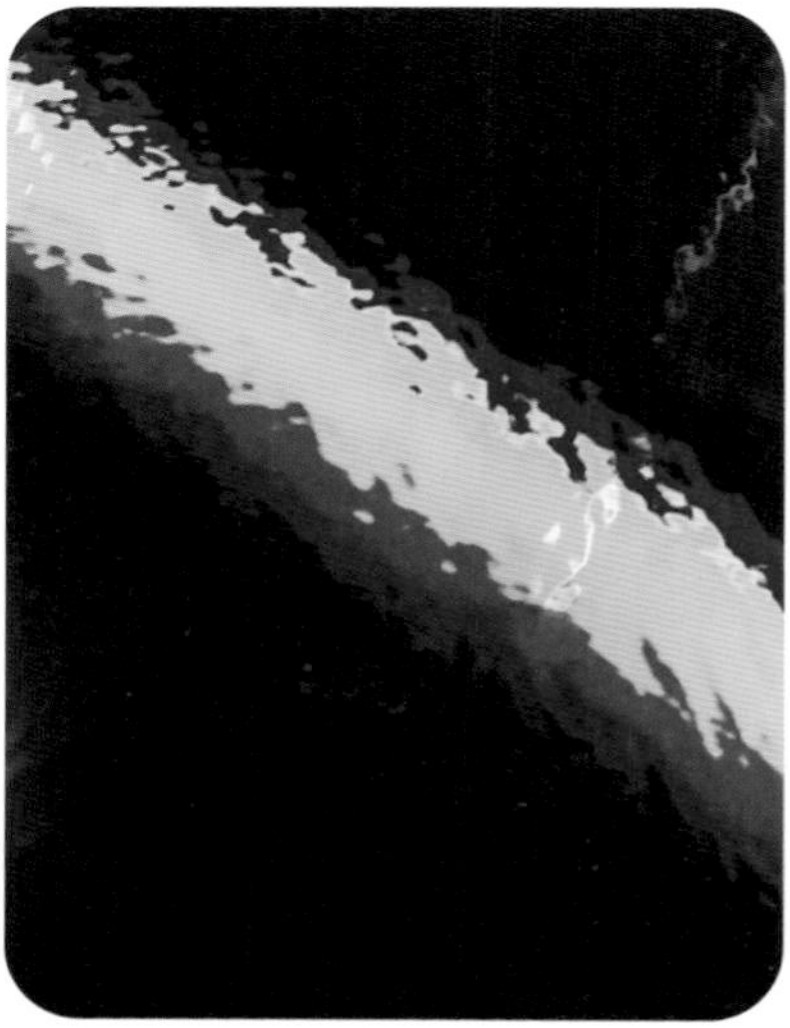

水たまりに映るコンビニの灯り

さんたちの笑顔は、きっとある種の「救い」だったのかも知れないな、と。
日本のコンビニ、頼りになるぜ。
ありがとう！

9

ちいさい秋、見つけました

朝、テレビのニュースキャスターが、こんなことを言っていました。

「紅葉といえば秋の風物詩だったはずですが、最近はどうも冬のものになりつつありますね」

なるほど、たしかにそんな気がします。

たとえば、ぼくの住んでいる千葉県では、九～十月はまだ夏の名残りを感じさせるほどで、紅葉とは程遠い「夏めいた秋」です。

本格的な紅葉は、十一月の終わりから十二月にかけて。暦でいえば「冬」ですもんね。

これもやっぱり地球温暖化のせいかな――、なんて思いながら、今日も散歩に出かけました。

ニュースキャスターの台詞が胸に残っていたせいか、歩き出したぼくの頭のなかには、童謡の「ちいさい秋みつけた」がリピートされはじめました。

すると必然的に、ぼくの目は散歩道の「ちいさい秋」を探してしまいます。

歩きながらふと気づいたのは、赤トンボがあまりにも少なくなったということでした。水たまり、池、沼、田んぼが激減したせいで、ヤゴ（トンボの幼虫）の生息域が無くなってしまったのでしょう。

ぼくが子供だった頃は、電線に赤トンボがずらりと並んでいたものですが……。


この日のぼくの「ちいさい秋」は、頭上ではなく、足元にありました。

鮮やかなムラサキシキブの実が目についたのです。

この実は、熟せばかすかに甘みがありますが、食べても美味しくありません。でも、果実酒にするとハーブのような香りのあるお酒になるので、以前はよく楽しんでいました。ものの本によれば、身体にもいいそ

鮮やかなムラサキシキブの実

うです。どんな薬効があるのかは、すっかり忘れてしまいましたけどね。

さらに歩いて、ぼくは木々に覆われた丘を登りました。

そのまま急な階段を下りようとしたら、淡いピンク色をした野菊がぼくを「通せんぼ」していました。にょきにょきと伸びた茎が、花と葉っぱの重さで傾いて、行く手を塞いでいたのです。

ほら、ちゃんとわたしを見てよね――。

野菊がそう主張しているような気がしたので、ぼくは胸裏で「了解です」とつぶやきつつ写真を撮りました。

ちなみに、学術的にいうと「ノギク」という種類の植物はありません。野生の草花のなかで菊に似たものを総称して野菊と呼んでいるのです。

だから、ぼくを通せんぼした野菊は――、たぶん「ヨメナ」かな。

ぼくを通せんぼした野菊

それから住宅地を抜けて、駅前を通り、坂を登って、自宅の門をくぐりました。そして、そこにも「ちいさい秋」がありました。

真っ赤に色づいた楓です。

少し傾きかけた太陽の光を透かして、楓の葉は蛍光オレンジに輝いていました。我が家の楓は山の紅葉《モミジ》とは種類が違うのでしょう。色づくのがずいぶんと早いようです。

少しひんやりとした風が吹いて、輝く葉っぱたちがいっせいに踊り出したとき、ぼくの脳裏には、なぜか一足早い「ジングルベル」が流れはじめたのでした。

秋は、あっという間に過ぎ去ってしまいますからね。

我が家の玄関先で色づいた楓

10

白い渚は裸足で

執筆の息抜きがしたくて、海に向かってドライブに出ました。

目指す場所は、人でごった返すことのない、広くて、美しい砂浜です。

三時間近く車を飛ばし、松の防風林のそばに停車。ぼくは静かな林のなかをサンダル履きで歩き出しました。さくさくと松葉を踏みしめる音を聞いていると、ふいに目の前が明るくなり、パッと風景が開けます。


青。


初冬の白い陽光をひらひらと反射させる海原。

高い、高い、晴れた空。

両手を天に突き上げたぼくは、「んー」と思い切り伸びをしました。

サンダルを脱いで、ビーチをのんびりと散歩。

多少寒くても、やっぱり砂の上を歩くときは裸足がいちばんです。

この白いビーチは、遠くが霞むほどのびのびと広がっています。こういう風景のなかに身を置くと、自分の心までもが広がっていくような感覚を味わえるのがいいんですよね。

歩きながら、心地いい波音に耳を澄ましてみると、足元に寄せた海水が白砂に染み込んでいく「シュワァ〜」という音が聞こえてきます。どこか炭酸水の弾ける音に似ています。


釣りをしている同世代の人がいたので、声をかけてクーラーボックスを覗かせてもらいました。

「おっ、いいサイズのヒラメですね。七〇センチ近いかな」

「まあ、うん、悪くないよね」

釣り人は鼻の穴をふくらませながら、にやり。

分かるよ、その気持ち。

そういえば、ぼくはかつて日本の海岸線をぐるりと一周して紀行エッセイを連載する、という七年がかりの仕事をしていました。連載タイトルは「渚の旅人」。単行本にもなりました。

その旅の途中で、爆釣している釣り師を見かけたぼくは、すかさず声をかけて「あなたは腕がいい」と褒めちぎり、その人からさくっと竿を奪い取るのでした。そして、心ゆくまで魚を釣らせてもらい、満足したら竿を返す、というのをよくやっていたものです。魚がじゃんじゃん釣れているときの釣り人は、世界でいちばん心優しい生き物なので、何をしても叱られないのです。

さて、白砂の上を遠くまで歩いたぼくは、適当なところでUターン。そして、さっき話しかけた釣り人に、ふたたび声をかけました。

「その後、釣れました?」

釣り人は、ぼくの顔を見もせず、無言で首を横に振りました。

そうです。魚が釣れていないときの釣り人は、世界でいちばん心の狭い生き物になるのです。

分かるよ、その気持ち。

ぼくも釣り師だからね。

小一時間の砂浜散歩で、頭も心も身体もスッキリ浄化させたぼくは、そのまま海辺の喫茶店に入りました。この店は、文豪「アーネスト・ヘミングウェイ」の世界観を再現させた、とても雰囲気のいい喫茶店です。

いつもの美味しいコーヒーを頂きながら、知的でダンディーなマスターと雑談するのがまた愉しいんですよね。

足の裏に残る、ひんやりとした砂の感触。胸のなかを吹き抜ける海風の匂い。充実した散歩の余韻があるときは、なんとなく、いい原稿が書けそうな気がします。

気分転換って、本当に大事ですよね。

喫茶店の窓に夕日が差し込みました

第2章

猫ちゃんパワー

11

「道の匂い」があるのです

担当編集者との打ち合わせを終えた昼下がり。

見上げた空があまりにも青いので、近所をひとまわりして帰ろうかな、と思いました。ぼくは、それまで歩いていた大通りを折れて、あまり車の通らない細い路地へと入っていきました。

のんびり歩きながら深呼吸をして、少しずつ形を変える雲の動きを楽しんだり、風の音、樹々の葉擦れの音、自分の靴音に耳を傾けたりしていると、知らぬまに心が整ってきて――、なんだか瞑想に近い感覚を味わえます。

ところが、そんな心地いい感覚に浸っているぼくを、力ずくで現実に引き戻すものがありました。

強烈なカレーの匂いです。

匂いの発生源は、道沿いの民家に違いありません。

あまりにも美味しそうなその匂いは、小さな「爆弾」となってぼくの胸のなかで、ポン、と音を立てて爆発。おかげで、それまで整っていた心が、一瞬にして乱れてしまいました。しかも、ちょっぴり空腹だったせいもあって、ぼくの頭のなかは、もはやカレーへの欲望でいっぱいに……。

なんてこった。

こうなったらもう、あえて「嗅覚散歩」に切り替えてやる。

それからぼくは、意識を「鼻」に集中させながら歩いてみることにしました。

すると、これが意外なくらいにおもしろいのです。

まず、歩く道によって「道の匂い」がまったく違うということに気づきました。

例えば、近所のアスファルトの坂道を登っているときは、ちょっと埃っぽいような乾いた匂いがします。そこから樹々の多い湿った土の道へと折れると、とたんに豊潤な腐葉土の匂いと、乾いた落ち葉の匂いに変わるのです。しかも、そこに風が吹けば、土と落ち葉の匂いがいい具合に混じり合って、なんだか懐かしいような気持ちに……。

で、ぼくは思わず深呼吸。

すー、はー。

ふと足元を見ると、カラフルな落ち葉に混じって、アザミが「ロゼット」になって越冬していました。「ロゼット」というのは、地面にぺったりと葉っぱをくっつけた状態のことです。植物によっては、この形で越冬します。

越冬するアザミのロゼット

さらに歩くと、新しい住宅地の匂いがしてきました。続いて、昔ながらの住宅地の匂い、生垣のある小径の匂い、広々とした畑の匂い、そして、雑多な商店街の匂い——。

それぞれの匂いから色んな妄想を膨らませつつ、小説家は黙々と歩き回るのでした。

ぐるりと一時間ほどの「嗅覚散歩」をして、自宅の近くにまで戻ってきたとき、ふと道端に咲く一輪の水仙の花を見つけました。

ぼくにとっては、金木犀の次に好きな匂いを放つ花です。

せっかくだから、嗅いでいこうかな――。

ぼくは周囲をいったん見回して、誰もいないことを確認してから道端にしゃがみこみ、水仙にそっと鼻を近づけました。

清々しさ、瑞々しさ、そして、ほのかな甘さ。

やっぱり、水仙の匂いは好きだなぁ。


冬枯れの冷たい風に溶けた水仙の匂いは、ぼくの気持ちをほっこりさせてくれますが、もうしばらくすると、そこに淡い梅の匂いが混じりはじめ、やがてそれが濃密な沈丁花の香りへと移り変わります。その頃に、そっと耳を澄ませば、遠くから忍び寄ってくる春の足音が聞こえるようです。

冬が深まり切って、気分が春へと向かい出す――、その切り替えスイッチが、ぼくにとっては水仙の香りなのかも知れません。

ちなみに水仙の学名は、ナルキッソス（Narcissus―ラテン語でナルキッスス）。

ナルシスト、ナルシシズムといった言葉の語源となった、ギリシャ神話に登場する美少年の名前です。水に映る自分の美しさに恋するあまり、ナルキッソスは水辺から離れられなくなってしまい、やがてそのまま水仙になってしまった——というゾッとするような物語は有名ですよね。

しかも、水仙って、じつは毒草なのです。

散歩中に出会ったら、視覚と嗅覚だけで楽しみましょうね。

水仙の匂いが大好きです

12 不人気な神社が好きなわけ

よく散歩をするコースのなかに、不人気な神社があります。

拝殿もボロボロで、境内の掃除も行き届いていませんし、鬱蒼とした樹々に覆われているから昼間でも薄暗い……。

いつも「陰気」な雰囲気を漂わせているせいか、参拝者の姿もほとんど見たことがありませんし、「あそこは気持ち悪い」とすら言う人もいるほどです。もちろん「お祭り」も開催されません。

子供の頃から、ぼくは不人気なものを見ると心がちょっと引っかかるタイプでした。例えば、お祭りの屋台でお客のいない店があると、なんとなく店番のおばあちゃんが可哀想で、つい、欲しくもないのに買ってしまう――というような感じです。

だから、この神社にも、ぼくは昔から引っかかりを覚えていて、意味もなく参拝してみたり、雑誌の取材を受けるときに、あえてそこで写真撮影をしてもらったりしていました。人がいないので、撮影がしやすいというのもありますけど。

ある日、その神社の脇道をふらっと通りかかったとき、ぼくは息を呑みました。鎮守の森の樹々を伐採していたのです。

チェーンソーを手にした業者さんに伐採の理由を訊ねると、「この神社、暗すぎるからねぇ」とのことでした。

境内を見渡すと、倒された巨木が丸太になって積み上げられていました。ぼくは、なんだかいたたまれないような気持ちになって、業者さんにお願いをしました。

「この丸太、捨てるなら、もらってもいいですか？」

すると業者さんは「それは助かる。どんどん持って行ってよ」と、むしろ喜んでくれたのでした。

ぼくは近所に住んでいる友人を助っ人として呼び出して、ちょうどいいサイズの「神様の木」を車に積み込み、持ち帰らせて頂きました。樹種は杉です。

その丸太は、三年ほど軒下で寝かせて乾燥させたあと、チェーンソーやグラインダーで削り出し、背もたれ付きの「神様の椅子」にしてみました。

不人気な神社からもらった丸太は、その形を変えることで、いまやリビングで家族に「人気」の椅子となりました。

その神社には、いまでもよく散歩で訪れています。

巨木がたくさん伐採されたのに、それでも充分に薄暗く感じるほど、頭上には枝葉が生い茂っていて、相変わらず陰気で、不人気なままです。

でも、人が来ないということは、いつも「静か」なんですよね。小鳥のさえずりとか、樹々の葉擦れの音に癒されたりするには絶好の場所なのです。執筆疲れをしたときに、森の匂いを嗅ぎながらぼうっとする場所としても重宝します。

人が来ないから気づく人も少ないでしょうけど、じつは狛犬がとても凜々しい顔をしていたりもして……。

「神様の木」で作った「神様の椅子」がこれ

狛犬、イケメンでしょ？

ようするに、不人気な神社だからこそ、ぼくにとっては大切な場所なのです。

この世界には、誰かにとって不要でも、別の誰かにとっては有用だったりするものって、いくらでもありますよね。そして、きっと、その法則は、人間にも当てはまるのではないでしょうか？


あ、そうそう、ぼくは、その神社への感謝を込めて、いま書いている長編小説の舞台のひとつとして登場させています。若きキャラクターたちが、その不人気さを利用して、神社の境内の裏にこっそり隠れるのです。

もちろん、その小説は「大人気」になって欲しいです、はい。

伐採後も、鬱蒼とした場所です

13

揺るぎない力を想う

散歩の途中、行きつけの喫茶店に立ち寄ろうとしたら――。

ん？

定休日でもないのにシャッターが下りていました。

よく見ると、そのシャッターには「一筆箋」がセロテープで貼られています。ぼくは近づいていって、一筆箋に書かれている短い文章を読みました。


マスターが病気になり、治療のためしばらく休業します――。


ざっくり言うと、そういう内容が書かれていました。

病気か。早く治って欲しいな……。

その日のぼくは、胸に黒い靄《もや》を抱えながら散歩を続けました。

それからひと月、ふた月、と時間は流れたものの、その喫茶店のシャッターはぴたりと閉じられたままでした。

一筆箋は定期的に貼り替えられていましたが、相変わらずマスターの病状は回復していないようで、文末にはいつも「もうしばらくお休みさせて頂きます」という一文がありました。

さらに時が経ち、新たな一筆箋に気づいたぼくは、小躍りしたいような気分になりました。そこには、こう書かれていたからです。

ご心配をおかけし、申し訳ございません。体調は少しずつよくなっております。もうしばらく休ませていただきます。宜しくお願い申し上げます。

——店主。

これを読んだときは、心の深いところから安堵して、身体が軽くなり、ぼくはいつもより大股で歩きました。風景の彩度も高く、明るく見えていたような気がします。

近隣の幼稚園のフェンスに沿って、ぼくの好きな水仙が咲いていました。

それから約一年後——。

閉じられたままのシャッターに、最後の一筆箋が貼られました。

お客様各位

いつも心配をいただきまして、誠にありがとうございました。この度、店主は医療関係の方々にご尽力を賜りましたが、その甲斐もなく永眠致しました。お客様には、本当にありがとうございました。

心からお礼を申し上げます。

——店主家内

ぼくは少しのあいだシャッターの前で立ち尽くし、この喫茶店に通っていた頃のことを想いました。

馥郁《ふくいく》としたコーヒーの香り、インタビュー取材の場所として使わせてもらった日々のこと、そして、白髪のマスターのやさしい笑顔。

ため息をこらえて歩き出すと、去年と同じ場所に、同じように水仙が咲いていました。ぼくは、黙々と歩きました。

ふと桜の木があることに気づいて、枝を見上げると、暮れかけた薄紫色の空をバックに、たくさんの新芽がついていました。ため息の代わりに「ふう」と、深呼吸をひとつ。

春は揺るぎない力で近づいてくるし、冬もまた同じ力で過ぎ去っていきます。

きっと、この世界の揺るぎないものを想えばこそ、他愛ない人生の散歩道も輝くのでしょうね。

ぼくは本当にそう思います。

新芽をつけた桜の木に想う

14 猫のいる風景が好き

可愛い「ネコ動画」を見ると、精神的にいいし、やる気も出て、仕事の効率も上がる――、そんな素晴らしい科学的データがあることを、先日、ぼくは知ってしまいました。

なので、最近のぼくは、原稿を書く気力が湧かないなぁ、と思ったら、すかさずネット動画で猫たちを眺めるようにしています。そうすると、なんだか本当にやる気が出てくるようなのです。

猫ちゃんパワー、恐るべし。

ぼくは、自分のことを「そこそこな猫好き」だと思っています。

小説にもしばしば登場させていますし、散歩をしているときに猫と出会えると、なんだかそれだけで気持ちが和むので。

かつてぼくは、いわゆる「サバ白」柄の猫を飼っていました。でも、その猫が死んでからは飼っていません。

さて、先日も、ぶらっと住宅地を散歩しているときに、猫と出会いました。

みゃあ――。

アパートと道路を隔てる緑色のワイヤーフェンスの向こうから、三毛猫が声をかけてきたのです。

愛嬌のある声色に、端整な顔立ちをした美人猫です。

ぼくはゆっくりと近づいていって、ワイヤーフェンスの隙間から指を突っ込んで顎の下を撫でてやりました。三毛猫はときどき「みゃぁ」と甘えるように鳴いては、ぼくを見上げます。

人懐っこい猫だなぁ。

猫にしてみれば「猫懐っこい人間だなぁ」なんて思っているのかも知れませんが、と

フェンス越しに撫でた三毛猫

にかく、ぼくはしばらくのあいだ、その三毛猫と遊んでいたのでした。

そうこうしていると、小学三年生くらいの男の子と女の子の二人組がやってきて、男の子の方が「その猫、昨日もいたよ」と、ぼくに話しかけてきました。

「へえ、そうなんだ。人懐っこくて可愛いよね」

「うん、きっと飼い猫だと思う」

それから子供たちは、二人してワイヤーフェンスの隙間に小さな手を突っ込んで、三毛猫を撫ではじめました。

「わたし、この模様の猫、好き」

と女の子が言うので、

「この模様の猫は『三毛猫』っていって、全部がメスなんだよ」

と教えてあげました。

すると今度は、男の子に質問されました。

「えっ、どうしてオスはいないの？」

ちびっ子を相手に染色体がどうのこうのという話は難しすぎるし、そもそもぼくも詳しくは知らないので、「うーん、何でだろうニャ〜」とふざけて誤魔化しました。

はい。大人失格です。

猫懐っこい子供たちとバイバイをしたあと、ぼくは近くの緑地公園に行くことにしました。なぜかというと、そこはまさに猫のサンクチュアリだから。正直、人よりも猫の数が多いくらいなのです。

住宅地を抜け、石畳の坂道を登り、木々に囲まれた緑地公園へ。

誰もいないベンチに座っていると、猫好きの人たちがちらほら現れては、集まってきた猫たちに餌をやっています。

ぼく自身は野良猫に餌をやりませんが、でも、人が猫に餌をやっている光景を眺めているのは、なんだか好きなんですよね。人も猫も互いにウィンウィンな関係だからでしょうか。とても平和で、見ていて安心するようなワンシーン……、いや、ニャンシーンだと思います。

猫サンクチュアリの入り口

いつか猫の一人称で小説を書こうかな――。

気づけばそんなことを考えはじめている自分に、ぼくは笑いそうになりました。「ネコ動画」ではなくて、リアルな猫と人間を見ていても、仕事にたいする「やる気」が湧いていたからです。

うん。やはり猫ちゃんパワー、恐るべしですね。

15 新しい「止まり木」見つけた

その日、新連載の原稿と格闘していたぼくは、あまりの筆の重さに嫌気がさして執筆部屋から逃げ出しました。

見上げた空は、雲ひとつない完璧な冬晴れ。

時刻は午後二時すぎ。

どうせなら思い切り気分転換をしたかったので、いつもは散歩道として選ばない、車通りの多い道をあえて歩いてみました。

しばらく行くと、見慣れない看板が目に留まりました。

ん？　こんなところに、喫茶店？

と、首を傾げかけたとき、ぼくはハッとしました。

駅前で人気を博している「屋台のコーヒースタンド」のマスターが、最近、新たに店舗を出したという噂を思い出したのです。

よし、入ってみるか――。

ぼくは古いアパートのような建物の階段を上がり、入り口のドアを開けて中へと入りました。

「いらっしゃいませ」

という女性店員の声に、軽く会釈で応えながら、ざっと店内を見渡した刹那、確信したのです。この日の幸運を。

ぼく好みの空間。コーヒーも美味！

見つけちゃった——。

ぼくは胸裏でそうつぶやいていました。ウッディーな落ち着いた空間。十人も入ればほぼ満員という手頃なサイズ感。そして、三人の先客たちが、みな静かに本を読んでいるという穏やかな空気感に心惹かれたのです。

さっそくカウンター席に座り、深入りコーヒーを注文。

目の前で丁寧にドリップしてくれたコーヒーの味は……。

うん、街の噂どおり。

苦味に角がなくて、とても美味しい。

つい先日、行きつけだった喫茶店のマスターの訃報を受けて、肩を落としたばか

店内には心地いい音楽が流れています

りだったので、ぼくは何だかちょっぴり救われたような気分にもなりました。

せっかくカウンターに座ったので、マスターと女性店員とあれこれおしゃべり。

ロン毛にヒゲ（いつもはシルクハットも）という味のあるマスターは、かつて全国各地を放浪しながら道端で屋台のコーヒースタンドを開いてきたという、おもしろい経歴の持ち主でした。

いわば、放浪系バリスタ。

なかなか、こんな人はいないですよね？

野宿放浪者だったぼくとしては、親近感が止まりません。

女性店員もまたチャーミングな人で、かつての職業は、なんと巫女《みこ》さん――からの、大学職員。しかも、渓流魚《アマゴ》を手づかみしたり、マニュアルの軽トラックをバンバン運転できたりと、意外性に溢れているのがおもしろい。

個性的で愛すべきマスターと店員さん

そして何を隠そう、この女性、ぼくの本の読者だったのです。

はい、確定!

今日からここは、ぼくの行きつけ店です(笑)

マスターいわく、「夜はバーになって、深夜二時まで営業しています」とのこと。

いやはや、益々いいではありませんか。

酒飲みの地元民としては、ちょいと一杯引っ掛けて、さくっと歩いて自宅に帰れるのが助かります。

というわけで、この日は、ぼくのお散歩圏内に、新たな「止まり木」ができた記念日となったのでした。

たまには、いつもと違う道を歩いてみるものですね。

16 「古代」妄想ができる道

約七〇〇〇年前（縄文海進の頃）、ぼくの住んでいる東京湾奥の船橋市は「海辺の台地」だったそうで、それゆえ、あちこちで遺跡や貝塚が見つかっています。マンションなどを建てるために地面を掘り返すと、縄文時代やら弥生時代やらの土器がざくざく出土するらしいのです。「買って住みたい街ランキング」の上位に名を連ねている我が街は、きっと太古の昔も住みやすい土地だったんでしょうね。

ところで、小学生の頃のぼくはスポーツ大好き少年でして、将来の夢としてプロ野球選手かバスケットボール選手などを挙げていたのですが、その一方では「考古学者もいいな」と思っていました。

恐竜の化石を発掘してみたり、縄文時代の遺跡を発掘したりするような、ようするに「古代ロマンあふれる仕事」に憧れていたのです。なので、近所で土器が見つかる場所があると聞けば、すかさず移植ゴテを自転車のカゴに放り込んで現場に駆けつけ、ヤドカリみたいに地面を這い回りながら、せっせと土器を収集するような少年だったわけです。

さて、最近、ぼくが好んで歩いている散歩道の傍にも、かつて弥生式土器をたくさん掘り集めた場所があります。小学生の頃、そこはまだ空き地だったのですが、現在は梅の木が並ぶ駐車場になってしまい、残念ながら掘ることはできませんけど。

先日、その駐車場を懐古的な目で眺めながら散歩していたとき、ぼくは、ふとあることを憶《おも》いました。

このあたりは「どこを掘っても土器が出てくる」ということは、かつてこの地に住んでいた人たちの数千年分の遺体が累々と足元に眠っているのではなかろうか——。

小学生の頃、弥生式土器を集めた駐車場

もちろん、ほとんどの遺体は微生物に分解されたりして、跡形も無くなっているとは思いますけど。

いずれにせよ、縄文人、弥生人たちが暮らしていた土地の上を、いま、ぼくは散歩しているわけです。

この場所で、彼らはどんな暮らしをしていたのかな……、なんて妄想しながら歩いていると、不思議といま目の前に展開している現代の風景までが、なんとなく違って見えてきます。


以前、ぼくは「青森三部作」の〆の作品として『ライアの祈り』を上梓しました。縄文時代のラブストーリーと現代のラブストーリーが不思議なリンクを見せるファンタジー小説です。

その作品に少しでもリアリティーを与えたくて、執筆当時のぼくは縄文時代についてあれこれ勉強していたのですが、そのとき、出会い頭の事故のように「人間の愚かさの根源」に気づかされた気がしました。

簡単に言うと、こういうことです。

縄文時代は、人々が争った形跡がほとんど見られないほど平和な時代でしたが、弥生時代になるとこれが激変して、いきなり人々は殺し合うようになります。つまり、稲作が入ってきたことで、人々は土地と水の利権を奪い合い、「地面に線を引いた」のです。

ここからここまでは、俺の土地、俺の水だからな――。

分け合い、与え合っていた縄文時代から、奪い合い、殺し合う弥生時代へ。人間の精神は、そこでコロリと変わってしまったようなのです。

そういう意味では、現在のぼくらって、弥生時代からちっとも進歩していませんよね。だって、いまだに地球上のどこかに線を引いては、何かを奪い合って戦争をしているのですから。

人間って、つくづく愚かな生き物みたいです。

それでも――、いま、ぼくがてくてく散歩している、まさにこの場所で、かつて縄文人や弥生人が恋をしたり、狩りをしたり、友情を育んだり、泣いたり、笑ったり、散歩をしたりしていたのだと思うと、やっぱり憎めないというか、愛すべき存在に思えてくるんですよね。

しかも、そんなことを妄想しながら歩いていると、ふと見上げた空の青さまでもがポエティックに見えてくるから不思議です。

これから数千年後――、いま、ぼくが歩いているこの土地の上を、誰かがのんびり幸せそうに散歩していたらいいなぁ……、なんて思いながら歩いていたら、足元の土のなかから「ずっと昔、俺も同じことを考えていたよ」なんて声が聞こえてきそうな気がするのでした。

17

木のおじいさん

ぼくがまだフリーライターだった頃のことです。

京都大学の名誉教授で、世界的な「脳」の権威といわれる某先生のご自宅にお邪魔して、夕食をご馳走になったのですが、そこでちょっとおもしろいことを教えて頂きました。

「人間ってのはね、生まれてから三歳くらいまでのあいだに、自然とたくさん触れ合わせるといいんだよ。そうすることで、その後の脳の発育がとてもよくなるから」

ちょうど当時のぼくには幼い娘がいたので、「これはいいことを聞いたぞ」とばかり、その後は娘を連れてよく外出するようになりました。

なるべく自然が残されたところにベビーカーを押していき、草地や森で自由に遊ばせ、砂や土、泥んこにもまみれさせ、ミミズ、カエル、昆虫、ダンゴムシ、トカゲ、蛇などを一緒につかまえては存分に触らせました。ときにはカブトムシの幼虫を土中から掘り出して持ち帰っては、成虫にかえらせたりもしました。

もともとぼくが「自然児」というか「野生児」というか、そういうタイプの人間なので、子供に「自然遊び」をさせるにはもってこいのパパだったのだと思います。


娘が二歳になったある日のこと――。

いつもの鎮守の森で遊ばせていると、ふいにサアッと風が吹きました。すると娘は頭上を見上げて、にっこり微笑み、こう言いました。

「ねえパパ、風さんと葉っぱさんがお話してるね」

無数の枝葉がさらさらと奏でた葉擦れの音を聞いて、二歳の子供がそんな表現をしたのです。これにはプロの物書きのぼくも舌を巻きました。


娘との自然散歩には、手軽なお気に入りのコースがありました。

近所の神社と、その裏山で遊ぶコースです。

そこには樹齢（おそらく）数百年の巨木がそびえています。いわゆる鎮守の森の御神木というやつです。

そして、その巨木のことを娘は「木のおじいさん」と呼んで、いつも親しげに木肌を撫でたり、抱きついたり、ときには耳を押しあてたりしていました。

「何か聞こえるの？」

ぼくが訊ねると、娘は首を横に振ります。

「ううん。聞こえないよ。でも、聞こえる感じはするの」

聞こえる感じ――。

そう言われると、ついついぼくも木肌に耳を押し付けてしまうのですが、もちろん何も聞こえませんし、聞こえる感じというのも、よく分かりません。それでも、ひんやりとしてザラついた木肌の質感と、その奥の方に感じるかすかなぬくもりは、大人のぼくでも「なんだか、いいなぁ」と思ったものでした。


さて、つい先日、散歩のついでに会ってきました。

鎮守の森の、木のおじいさんに。

大学生になった娘と一緒ではなく、ぼくひとりで。

葉を落とした木のおじいさん

木のおじいさんは、相変わらず威風堂々とそびえ立っていました。

ぼくは太い幹に寄り添って、その存在感を全身で味わいながら樹上を見上げました。

ぼくの網膜に映る、ずっと、ずっと、変わらない景色。

記憶の奥の方でサアーッと吹き渡る、あの頃の風。

思わず、ひんやりとした木肌に耳を押しあててみました。でも、やっぱり何も聞こえませんでした。

だよね……。

胸裏でつぶやいたぼくは、ひとりニンマリと笑うと、木のおじいさんの木肌をひと撫でして、ふたたび歩き出しました。

18

最南端の岬には、思い出がいっぱい

先日、一泊二日の合宿形式で、文章講座の講師をやらせて頂きました。

せっかくの「合宿」ですから、宿泊する場所は風光明媚なところがいいね、ということになり、ぼくは房総半島の最南端に位置する野島崎《のじまざき》（のすぐそばのホテル）を主催者に紹介しました。

ちなみにこの野島崎は、国定公園に指定されているほどの景勝地なので、チャンスがあったらぜひ訪れてみて欲しいです。

さて、合宿初日の午後から講座をスター

ホテルの窓から望む野島崎

トさせたぼくは、翌朝、ホテルの目の前に広がる岬の遊歩道へと繰り出しました。ひとりではなく、今回の講座を主催してくれた母娘を案内しながらの朝の散歩です。

見上げた空は、叫び出したくなるような快晴。

しかし、台風ばりの「爆風」が吹いていました。

焦げ茶色の岩場にドカーンと打ち付ける荒波を眺めながらの散歩は、なかなかの迫力を味わえましたが、これが写真に撮ってみると、あまり伝わらないのが、やや残念ではあります。

美しい岬の真ん中にそびえるのは、全国で十六箇所しかない「登れる灯台」のひとつ、野島埼灯台の白亜。そして、その白亜の麓で強風になびく七本の椰子の木を眺めながら、ぼくは懐かしさのあまり、ため息をつきました。

というのも――、

野島埼灯台

その椰子の木が立ち並ぶ芝生の広場には、ちょっと古ぼけた東屋があるのですが、高校時代のぼくは、ときどき学校をさぼっては、オートバイで三時間もかけてここにやって来て、東屋のベンチで本を読んだり昼寝をしたりして過ごしたからです。

やがて、それが大学生の夏休みになると、阿呆な仲間たちと夜中に車でやってきては、同じ東屋でわいわい酒盛りをしていました。

いい感じに酔っ払ったら、ギターを弾きながらみんなで陽気に歌いまくり、そして、まばゆい朝日が昇ると同時に海パン一丁になって海に飛び込み、そのまま日暮れまで遊んでいたのです。

で、それからずいぶんと時が流れて、ぼくが小説家になると、今度はこの地を小

椰子の木と灯台。奥の椰子の木の根元付近に東屋があります

説の舞台として描きました。『水曜日の手紙』という作品のなかで、主人公のカップルが、岬の遊歩道を散歩したり、灯台をスケッチしたりする、という設定で。

そういえば、ぼくが生まれてはじめてシュノーケリングをして、海のなかの純美な世界を知ったのも、この岬の海でした。あれは、たしか、小学三年生のことだったかな？

遊歩道。昔は未舗装でした

この辺りでよく潜って遊んでいました

とにかく、そのとき以来、ぼくは、水のなかに広がっている生態系の面白さにハマってしまい、日本全国の海と川に潜りまくるという、ちょっと風変わりな放浪者となり、そして紆余曲折を経ていまに至る……という感じなのです。

あらためてこの原稿を書いていて気づいたのですが、野島崎という地は、まさにぼくの血肉となった特別な場所とも言えそうです。そんな思い入れたっぷりな岬の遊歩道を、ぼくは、ゆっくり、ゆっくり、歩いたのでした。在りし日の自分と仲間たちの姿を、目の前の風景と重ねながら。

しみじみ味わい深い散歩です。

それにしても「懐かしい」という感情は不思議ですね。

顔は自然と微笑んでいるのに、心のなかでは、どこか切ないような痛みを味わっているのですから。

猛烈な潮風に飛ばされそうになりながら、ぼくは決めました。

夏になったら、久しぶりにオートバイで来よう。

そして、あの東屋で昼寝をしよう、と。

19 まあるい春風に誘われて

執筆部屋の窓を開け放っていたら、レースのカーテンがふわっと揺れました。その風が、あまりにも丸くてやわらかかったので、ぼくは思わず椅子から立ち上がりました。

こんなにいい風が吹いているのに、散歩をせずにいられるものか、と。

美しい四季のある国って、やっぱりいいですね。

季節に誘われて何かをしたくなるって、ぼくら日本人の特権なのかも知れません。

お気に入りの靴を履いて外に出ると、庭の枝垂れ桜にハッとしました。釣り糸のよ

庭の枝垂れ桜が咲きはじめました

うに垂れ下がるいくつもの枝に、ぽつぽつと淡いピンク色が弾けていたからです。

今年も、いよいよ咲きはじめたか……。

桜の上に広がる空の明るさに目を細めたぼくは、両手をぐっと上げて、思い切り伸びをして――、よし、歩こう。


それにしても、人が何かをしようとするときには、必ず何らかの「したくなるきっかけ」があるものですよね。例えば、醤油の焦げた匂いを嗅いだから、ご飯を食べたくなるとか、カフェに流れているジャズを聴いたから、音楽好きの友達に電話をしたくなるとか。

今日、ぼくが散歩をしたくなったきっかけは、間違いなく「春めいた陽気」です。こういう日は、世界がまるごとパステルカラーで塗られているので、ただ歩いているだけで、こちらの心まで明るくしてもらえ

本格的な春を告げるハナニラ

るんですよね。

歩き出してすぐ、足元にハナニラを見つけました。

茎を折るとニラそっくりの匂いがすることから、この名前がつけられたそうですが、これを英語で言うとちょっと素敵です。

スプリング・スター・フラワー。

春に咲く星の形をした花、と呼ばれているのです。

毎年、この花を見つけると「春爛漫」という言葉が脳裏に浮かびます。

で、この「春爛漫」がキーワードになって、ぼくは思い出しました。春物の部屋着を買おうと思っていたことを。

さっそく近所の「しまむら」に行き、だぼっと着られる薄手の部屋着を購入しました。

よし、安くていい物が買えたぞ――と、ほくほくした気分で店を出たぼくは、子供の頃によく通った線路沿いの路地を抜けて、幼稚園の前に出ました。かつて、ぼくが卒園した幼稚園です。

懐かしい正門を過ぎてすぐのところにある畑には、たくさんのチューリップが咲き誇っていました。

思わず足を止めて、写真を撮りました。

そこはまるで北海道の富良野《ふらの》や美瑛《びえい》の花畑のミニチュア版のようで、幼稚園の前に広がる畑としては、とてもふさわしいように思えました。


さて、チューリップ畑を過ぎたぼくは、ひとけのない路地へ。

すると、葉桜になりかけたソメイヨシノの老木から、ひらり、ひらり、と花びらが舞い落ちてきました。

嗚呼、この切なさよ……、なんて思いながら、さらに少しだけ歩いて、帰宅。

ふたたびぼくは庭の枝垂れ桜の元へと舞い戻ってきました。

見上げた枝垂れ桜は、まだ、咲きはじめ。

幼稚園の前に広がるチューリップ畑

満開になったら、この花の下でビールを飲もうと決めました。
枝垂れ桜、ハナニラ、チューリップ、そして、ソメイヨシノ。
花から、花へ。
今日は、ミツバチみたいな散歩でした。

20 武士の情けをかけたのに

小説を書いていると、しばしばそのシーンにふさわしい表現が思い浮かばなくて、うっかり「言葉探しの迷宮」にハマってしまうことがあります。

先日も、不本意ながら、その迷宮のなかをおろおろと徘徊していたのですが、しかし、そこで偶然にも、味わい深い日本語と出会うことができたのでした（探していた単語じゃないんですけどね）。

雨夜の月（あまよのつき）

が、それです。

決して見ることのできない、雨の夜の月を言い表す言葉なのですが、これが転じると「存在しているのに見えないもの」の喩《たと》えとして使われるのだそうです。

日本語って、つくづく詩情豊かで美しいですよね。

さて、ある日の夕暮れ前のこと。

ぼくは駅前に用事があったのを思い出し、ぶらぶらと人の少ない裏道を歩き出しました。

空はよく晴れていたのですが、お日様がすでに傾きはじめていたので、頭上に広がるのは「まぶしくないブルー」。そして、そのブルーのなかに、ふわふわと頼りない感じで「昼の月」が浮かんでいました。

この「昼の月」は読んで字のごとく、昼間に薄く見えている月のことを言い表しますが、やはり転じるとちょっとおもしろくて、「見えているけれど役に立たない。無であること」の喩えとなるそうです。

まぶしくない青空と昼の月

ぼくは、そんな「昼の月」を眺めながら、静かな路地をてくてく歩いていました。

やがて、とある小さなT字路を曲がったとき、少し先に若い女性の後ろ姿があることに気づきました。

そこは、ちょっと薄暗くて、細い道。

歩いているのは、ぼくとその女性だけ。

しかも、その女性、ひとけがないことに気が緩んでいたのでしょう、わりと大きな声で歌を唄っていたのでした。

いい曲だね。誰の歌かな――、なんて思いつつ、ぼくはあえてゆっくり歩いて、女性との距離をじわじわと広げてあげました。

武士の情け、というやつです。

だって、万一、後ろのぼくに気づいたりしたら、彼女はきっとめまいがするほど恥ずかしいでしょうから。

ちなみに、この瞬間のぼくは「雨夜の月」です。

女性からすると、存在しているのに見えていないモノですからね。

でも、ぼくらの頭上に浮かんでいるのは「昼の月」。

なんだかおもしろいなぁ、と思っていたら――、気配を感じたのでしょうか、前にいた女性がいきなりこちらを振り向いたのです。視線が合った瞬間からはスローモーションでした。

彼女は、ハッと驚いたように目を見開き、頰を引きつらせ、一瞬にして世界でいちばん気まずい人の顔になりました。

そして、この瞬間、ぼくは意外なことに気づいたのでした。

気づかれたぼくも、けっこう気まずい！

かくして彼女は、そそくさと前に向き直ると、まるで競歩のようなスピードでみるみる離れていきました。ぼくは、ぼくで、かたつむりの速度で歩きながら、淡い「昼の月」を見上げるのでした。

第3章

バニラアイスみたいな月

21

自転車とウクレレ

眠さのあまり、目を白黒させながら原稿を書いていたら——、うっかり机に向かったまま寝落ちしてしまいました。

それからどれくらい寝ていたのかは分かりませんが、目覚めたとき、ぼくの首はガチガチに固まっていて、しばらくの間、下を向いたまま動かせませんでした。

あまりにも痛いので、ゆっくり、ゆっくり、一分くらいかけてじわじわ首を動かしていくと、なんとか頸椎《けいつい》の機能は戻ってきました。でも、寝起きのボーっとした頭はそのままです。

というわけで、脳のリフレッシュのため、深夜の散歩に出ることにしました。

時刻は、草木も眠る丑三《うしみ》つ時《どき》です。

しーんとした家の前の坂道を下っていくと、いつも目にしている自転車のアイコンの道路標示が目に入りました。

ん？　自転車のアイコン？

そのとき、ぼくの心に「何か」が引っかかりました。

でも、その「何か」が何なのか――が分からず、悶々としてさらに歩いていくと、今度は道端に捨て置かれた自転車が目に入りました。前輪が無くなり、カゴはゴミだらけで、蔓植物（自然薯《じねんじょ》）に絡まれた自転車です。


なんだか可哀想な自転車だなぁ、と思った刹那――、
あっ！

と、ぼくは心のなかで声を上げました。

ついさっき、うたた寝しているときに見た夢を思い出したのです。心に引っかかっていた「何か」が、はっきり分かりました。

その夢のなかで、ぼくは自転車に乗って最寄りのターミナル駅へと急いでいたので

何年も前からある悲しき自転車

した。

しかも、なぜか「裸足」で。

駅前で自転車を乗り捨てたぼくは、そのままエスカレーターで駅の構内に入ります。そして、自動改札を通り抜けようとしたら――、キンコンキンコン！　改札機に通せんぼされてしまいます。

交通系ＩＣカードはちゃんと反応しているのに。

困ったなぁ……と思っていると、数人の駅員さんたちが集まってきて、ぼくを取り囲み、なぜか嫌疑の目を向けるのです。

「あなた、裸足で駅のなかを歩いているなんて、怪しいですね」

正面にいた駅員にそう言われました。

焦ったぼくは、スマートフォンでエゴサーチをして、表示された自分の写真を見せながら、「ほら、これ、ぼくです。ね、怪しくないでしょ？」とやったのですが、今度は別の駅員がこんなことを言い出したのです。

「あなたが本物の森沢明夫なら、ウクレレを弾けるはずです」

ふいに誰かにウクレレを押し付けられたぼくは、大勢の通行人たちの視線を浴びつつ、裸足でウクレレを弾きながら自動改札を通るという、かなり恥ずかしいことをするハメになったのでした。

地元の駅だし、誰かに見られていたらヤバいなぁ、なんて思いながら。

覚えていた夢の内容は、ここまでです。

しかし、阿呆な夢を見たなぁ……と、苦笑しそうになりながら、ぼくはコンビニに入りました。

顔なじみの店員が、「いらっしゃいませ」と笑顔を向けてくれたとき、あらためて、ああ、ここは現実の世界なんだ――と、小さな安心感に浸ったのでした。

コンビニでコーヒーとアイスを買い、帰途についたぼくは、線路沿いの道を歩きながら、ふと夜空を見上げました。

月はありませんが、いくつかの星がチリチリと瞬いています。

前にも後ろにも人がおらず、歩いている

自転車の道路標示

のはぼくひとり。

うむむ……。

この世界もまた夢で、目覚めたら、ちゃんと布団のなかにいて、首も痛くなくて、疲れも取れていて、しかも、原稿が終わっていたらいいのに――。

なんて、まさに夢みたいなことを思いながら、ぼくは深夜の澄み切った空気で深呼吸をするのでした。

22

虹のおすそわけ

子供の頃から虹を見るのが好きでした。

いまでも雨上がりには、太陽を背にして虹を探してしまいます。

「虹」という漢字の成り立ちを、ぼくが、いつ、どこで知ったのかはうろ覚えなのですが——、ようするに、こういうことだそうです。

「虫」は、昆虫ではなく「蛇」のことで、ひいてはそれが「龍」を表す。そして「工」は「つらぬく」という意味。

つまり「虫」と「工」を併せた「虹」は、「天をつらぬく龍」を意味するのだそうです。

思いがけず素敵な成り立ちだと思いませ

虹は「天をつらぬく龍」だそうです

んか？

さて、何日か続けて不安定な天気が続いたある日のこと。

散歩中の空に虹が架かりました。

天をつらぬく七色の龍と出会えたぞ。これは、いいことがありそうだ。なんて、ちょっぴり得をした気分で、ぼくはお気に入りの喫茶店に入りました。いつものカウンターに座り、ブレンドを頼んで、何気なくスマートフォンでSNSを開いてみたら――、なんと、タイムラインに、たくさんの虹の写真がアップされているではありませんか。

ハッピーのおすそわけです！

そんな言葉を写真に付けている人もいました。

虹であふれたタイムラインを眺めていたぼくは、随分とほっこりしてしまったので、そのノリでコーヒーの他にデザートまで注文して、いっそうスイートないい気分に浸るのでした。

虹の写真をみんなでシェアし合う——。

それは「幸せな気分を分け合うこと」でもあるので、じゃんじゃんやるべき行為だと思います。

そういえば以前、小説にも書きましたけど、目に見えるモノ（物質）は、シェアすると自分の分が減るけれど、目に見えないモノ（感情など）は、シェアするとむしろ増えるんですよね。

つまり、「虹」を見たときの「幸せな気分」をシェアするという行為は、「幸せな気分」の絶対量をこの世界に増やしていくことであって、それって、もしかすると、SNSのもっとも素敵な使い方のひとつなのかも知れません。

さらに言うと、こういう「シェアの精神」を持った人が、ぼくのSNSつながりのなかに、こんなにもたくさん居てくれるということを知れたので、ぼくは素直に嬉しく思いました。せっかくなら、そういう人と人とのつながりのなかで生きていたいですから。

「人の間」と書いて「人間」ですもんね。

どんな人と、どんな人の「間」に、自分が居られるか——。

それは、人生を大きく左右する事案に違いありません。

喫茶店の窓から雨上がりの風景を眺めました。

濡れた歩道を歩く、見知らぬ人たち。

この人たちもみな、人と人との間で一喜一憂しながら生きているんだよな。もしも彼らがSNSをやっているのなら、そのタイムラインにたくさんの虹が架かっているといいな。

そんなことを考えながら飲むコーヒーは、もちろん、いっそう美味しいわけで、これもきっと虹をシェアしてくれた人たちからのプレゼントの一部と言えそうです。

なんか、今回はいいことを書いちゃったナ。

でも、ぼくは本当にそう思います。

23 下を向いて歩こう、からの——

連載小説の原稿を書き終えて、「ふう」と、ひと息ついた朝。

読者から届いたファンレターが少し溜まっていたので、まとめて返事を書いちゃおうかな……と思ったら、切手が足りない！

というわけで今回は、郵便局を通るルートで散歩をすることにしました。

玄関を出ると、庭の隅っこに白い八重咲きの花が咲き乱れていました。ドクダミです。

ドクダミの花といえば、十字形の白い花

庭に咲いた八重のドクダミ

びら（実際は花びらではなく総苞《そうほう》）が一般的ですが、うちの庭の一角では、いつしか華やかな八重咲きが見られるようになったのです。ちょっと珍しいですよね？

ドクダミは薬草の代表格で、様々な薬効があることから「十薬《じゅうやく》」とも呼ばれています。独特の臭みがある雑草ですけれど、葉は天ぷらにして食べられます。熱を加えると臭みが消えるのです。


ドクダミを見ると、必ず思い出す本があります。

二〇〇二年に出版された『野の花』という本です。

知人が撮りためた身近な野草の写真に、ぼくが文章をつけ、ついでに編集まで担当した本なのですが、じつは厳密にいうと、ぼくの「著作物」としてのデビュー作は、この『野の花』です。それからエッセイを出したり、ノンフィクションを出したりしていて、ようやく小説を出せたのが二〇〇八年のこと。タイトルは『海を抱いたビー玉』でした。

なので、インタビューなどで「森沢さんのデビュー作は？」と訊かれると、若干、心のなかをモヤモヤさせながら「小説のデビュー作は――」と答えることにしています。

ごめんね『野の花』ちゃん。
でもこれ、すごくいい本なんですよ！　と自画自賛（笑）
この『野の花』のなかで、ぼくは色々な野草茶の楽しみ方を紹介しました。ドクダミ茶もそのひとつです。とはいえ、個人的に好きな野草茶は、圧倒的に美味しい「スギナ茶」と「笹茶」ですけどね。よかったら試してみて下さい。
『野の花』の帯（背側）に書かれたキャッチフレーズは「下を向いて歩こう」でした。普段、何気なく歩いている道も、よくよく見てみると、雑草たちが可憐な花を咲かせている――、そのことに気づいて欲しいな、という思いから生まれたコピーです。

さて、八重咲きのドクダミを目にしたぼくは、郵便局までの道のりを「下を向いて」歩くことにしました。

名前を知っている花、知らない花、たくさんの雑草たちが、可愛いく、健気に咲いています。ぼくは自分の口角が無意識に上がっていることに気づきました。

植物学者の牧野富太郎は「雑草という名の植物はない」という名言を残していま

すが、本当にそうだよなぁ、としみじみ……。

開花しているのは、道端の野草ばかりではありません。

とある社宅の塀沿いの花壇には、目が痛いほどに鮮烈な赤紫色を炸裂させたマツバギクが咲き誇っていました。

まぶしいほどに華やかなマツバギク

そうこうしているうちに郵便局に到着——。

ぼくは小説に書くほど大好きな「縄文時代」の土偶や、銅鐸《どうたく》などがデザインされた国宝シリーズの切手をまとめ買いしました。

ふたたび郵便局を出て歩き出したとき、それまでずっと「下を向いて」歩いていたぼくが、ふと上を向きました。

土偶や銅鐸を作った人たちに思いを馳せたのです。

人が思いを馳せるときって、自然と上を向くのですね。

頭上には、波のような模様の雲が広がっていました。

いわゆる「波状雲《はじょううん》」です。

天気が下り坂であることの予兆とも言われますが、しばらく眺めていたくなるような美しい雲でした。

この世界には、上にも下にも見るべきモノがあるんだよな。

そんな当たり前のことをあらためて感じながら、のんびりと帰途につきました。

何度も、上を見たり、下を見たりしながら。

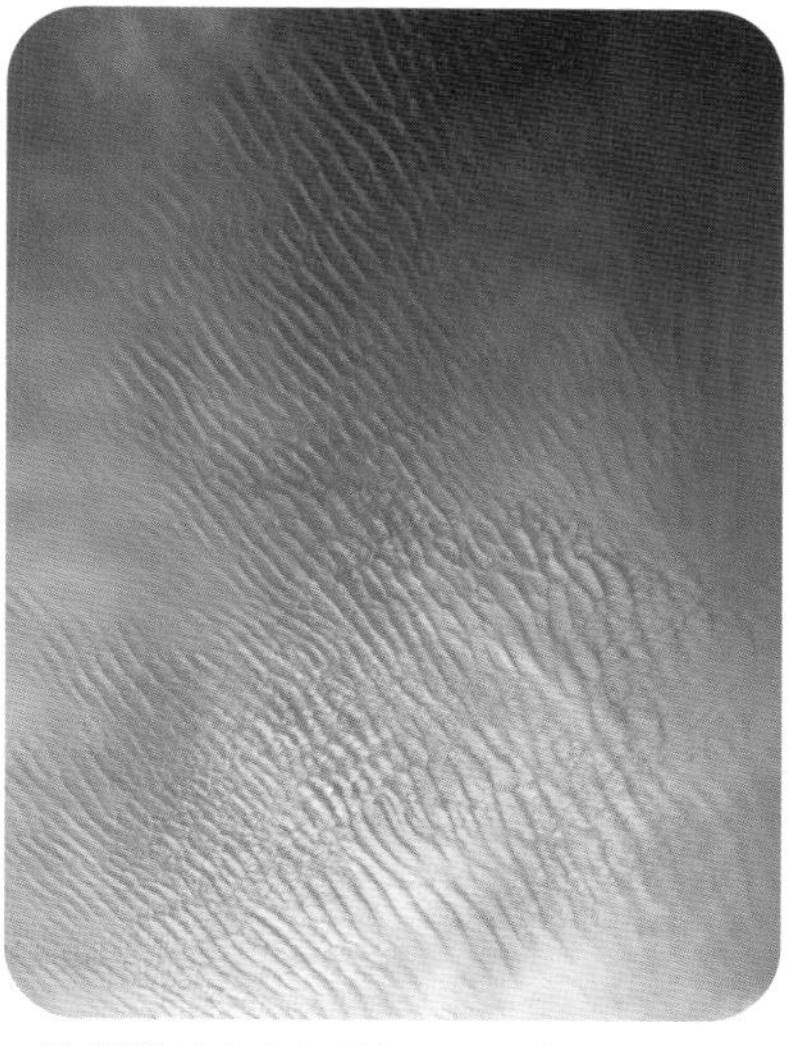
波状雲が出ると天気は下り坂とも

24

歩きを極めるおじいさん

散歩に出るとき、ぼくは小銭の入った財布とスマートフォンを忘れずに持ち歩くようにしています。

財布は、喉が渇いたときに飲み物を買うため（脱水症状にならないように）。スマートフォンは、この連載の写真を撮るためです。

先日も、散歩の途中に喉が渇いたのでコンビニに立ち寄りました。ペットボトルのお茶を買い、店の前に置かれたベンチに座って、さあ飲むぞ――というところで声をかけられました。

「隣、いいかね？」

声の主は、Tシャツにジャージズボン姿のおじいさんでした。

「あ、どうぞ」

少しおしりを横にずらしたぼくの隣に、おじいさんは「ふい〜」と息を吐きながら腰を下ろしました。

年齢は、八〇歳くらいかな。細身で、髪は白くて薄毛。首にかけた白いタオルで顔の汗をごしごしと拭き取っています。

「ウォーキングですか？」

話しかけたぼくに、おじいさんは「うん」と嬉しそうに頷きました。

「本当なら、公園の外周道路をぐるぐる歩くんだけど、いまは、ほら、新型コロナが怖いでしょ。だから、なるべく人の少ない路地を歩いてんの」

おじいさんは近所の団地に住んでいるそうで、公園にはウォーキング仲間が大勢いるとのことでした。でも、家族に「ソーシャルディスタンスをとって、気をつけてね」と強く言われたことで、泣く泣く仲間の輪から外れることになったのだそうです。

「一人で路地を歩いてると、徘徊老人みたいで嫌なんだよ」

そう言って、おじいさんは「あはは」と陽気に笑いました。

話を聴きながら、ぼくがペットボトルのお茶を飲みはじめると、おじいさんは「俺も喉が渇いたなぁ。ちょっくら買ってくるか」と立ち上がり、店のなかへと消えました——と思ったら、なぜかすぐに出てきたのです。そして、ふたたびぼくの隣に腰を下ろし、深いため息をもらしました。

「あれ？　どうしたんです？」

「うっかり、財布、忘れてきちゃってさ」

そう言って、ちらりとぼくのお茶を見るおじいさん。

新型コロナを怖がっているおじいさんに「これ、飲みます？」とはさすがに言えないですし、このまま脱水症状で倒れられても困るので、ぼくは財布を取り出しました。

「よかったら、飲み物、ご馳走させて下さい」

「いや、それはさすがに悪いよ。もう家に帰るから大丈夫」

ぼくは、困ったときはお互い様ということで、なかば強引に小銭をおじいさんに押し付けました。どうかこの小銭にウイルスが付いていませんように、と祈りつつ。

おじいさんは白い眉毛をハの字にしながら「なんか、悪いねぇ……」と言って、ふたたび店に入り、ぼくとは違うお茶を買って出てきました。そして、「本当にありがとう。見ず知らずの人なのに」と、ぺこぺこ頭を下げてお釣りを返すと、とても美味しそうにお茶を飲みはじめました。

なんだか、憎めないおじいさんです。

「ちなみに、失礼ですけど、おいくつですか？」

ぼくが訊ねると、おじいさんは、ごくごく、と喉を鳴らしてこちらを向きました。

「もう八四になっちゃったよ」

「八四にしてはお若いですね。一度に、どれくらい歩くんですか？」

「距離は分からないけど、毎日、二時間は歩くかな」

「えっ、そんなに？」

「昔から凝り性でね、何でもやりはじめたら極めたくなっちゃうの」

ウォーキングを極めるべく、毎日、二時間も歩くというおじいさんを見て、ぼくは、ふと、九〇歳まで生きた葛飾北斎の言葉を思い出しました。

「九〇歳で（絵の）奥義《おうぎ》を極め、一〇〇歳で神の域に達し、一一〇歳で一筆ごとに生命が宿る」

なんだか、負けてられないよなぁ……。

意味不明なライバル心を抱いたぼくは、ベンチから立ち上がりました。そして、お

思わず深呼吸をしたくなる空

じいさんに軽く挨拶をして歩き出しました。
いまから帰って、いい原稿を書いてやるぞ！　と見上げた空があまりにも青くて、
やさしくて――、うん、今日はやっぱり仕事よりも散歩を極めよう、と思い直した
意志の弱い小説家なのでした。

25 石ころを蹴りながら

仕事の打ち合わせをした帰り道、ぼくは駅から少し遠回りをして帰宅することにしました。

ちょっと考えごとをしたかったのです。

歩いているときって、なぜかいいアイデアを思いつきやすいんですよね。小説のアイデアが降ってくるのも、歩いているときが多い気がします。

聞いた話によると、歩いているときは脳に流れる血流量がベストになり、それゆえ「ひらめき」の回数も増えるのだそうです。本当かどうかは知りませんけどね(笑)

そんなわけで、ぼくは、ぼうっとしながら人の少ない道を歩いていたのですが、ある瞬間、コツン――と、つま先で何かを蹴っていました。

ころころころ……。

音で、すぐにわかりました。

石ころです。

大きさは卓球のボールくらいでした。ちょっといびつな三角形をしたその石ころを、ぼくはもう一度、ちょん、と蹴りました。すると石ころは、狙った方向から少しずれて、道の真ん中へと転がってしまいました。

なぬ……。

人は、いまいち上手くいかないモノにこそ、ハマってしまうものです。ゲームでもスポーツでも、簡単すぎるモノってつまらないから、逆にやらないんですよね。

で――、いつのまにかぼくは当初の目的であった「考え事」を放擲《ほうてき》して、石蹴りに集中しはじめていたのでした。

そういえば子供の頃も、ランドセルを背負ったぼくは、よく石ころを蹴りながらこの道を歩いたものでした。ここは通学路だったのです。

いま思えば、子供の頃の「帰り道」には、遊びと発見が満ち溢れていました。

道端の猫じゃらし（エノコログサ）を引っこ抜いたり、じゃんけんをして負けた奴が全員のランドセルを持って歩くというゲームをやったり、傘を逆さにして雨水を溜めながら歩いてみたり、草笛を吹いたり、野良犬にちょっかいを出して吠えられたり、木の枝を振り回してヒーローごっこをしたり……。

そういう、どうでもいいことがたくさん積み重なって、いまのぼくがいるんですよね。

あの頃よりもずいぶんと大きくなった足で、小さな石ころを蹴りながら――、ぼくは当時のちょっぴり切ないような空気を思い出して、胸をきゅっとさせていました。

石蹴りのゴール地点は、人の少ないこの道が終わるところ。

そう決めて、こつこつ石ころを蹴りつつ歩いていると、向こうからひと組のカップルが歩いてきました。蹴った石がぶつかったら申し訳ないのと、単純に恥ずかしいのとで、ぼくは道の隅で立ち止まり、スマートフォンをいじっているフリをしてやり過ごしました。こういうところが大人ですね（笑）

そして、カップルが充分に離れたのを見計らって、再スタート。

途中、ドブ板の隙間に石ころが落ちそうになりましたが、ギリギリでセーフ。

ここまで来たからには、きちんとゴールしたいぞ――。

そんな子供じみた欲望を抱きはじめている自分がおかしくて、ひとりニヤニヤしながら石を蹴り続けました。

それからしばらくして、見事に（？）ゴール！

ゴール地点の道端には、毎年、初夏の頃に生えてくる、ちょっと不思議な「もふもふ系の動物」みたいな草が生えていました（サギナかな？）。

ぼくは石ころをその草のとなりに寄せて、「ふう」と息を吐きました。

やり遂げたあとの、ご満悦のため息です。

さてと――。

すぐそこの自販機で、お気に入りのアイスティーを買って帰ろう。そして、徹夜で原稿書きだ。

胸裏でつぶやいたぼくは、なんとなく空を見上げました。

梅雨の晴れ間は、ランドセルを背負っていた頃よりも、不思議とまぶしい気がし

ゴール地点に生えていた、もふもふした動物みたいな植物

て、ぼくはふたたびため息を洩らしました。

人生の哀愁って、こういうふとした刹那に感じるんだよなぁ……。

そんなことを思いながら、今度は石ころを蹴らずに歩き出しました。

あの頃よりも大きくなった足で、悠々と、大股で。

26

夕暮れの公園とお父さん

お気に入りの喫茶店を出ると、まぶしいくらいに青かった初夏の空が、水で薄めたような色になっていました。

世界は、夕暮れまであとわずか。

気温も少し下がり、いい風が吹いていました。

ぼくは近くの公園へと歩いていき、隅っこにあるベンチに腰掛けました。少しのあいだ、読書でもしようと思ったのです。

新型コロナのニュースでうんざりするような日々でも、この公園にはたくさんの子供たちが集まり、元気よく歓声をあげて走り回っています。もちろん、そんな子供たちを見守っているお母さんたちの姿も多く見られます。お母さんたちのほとんどは、いわゆる「公園デビュー」を済ませているのでしょう、いくつかのグループに分かれて、それぞれ井戸端会議に花を咲かせているようでした。

ぼくはバッグのなかから文庫本を取り出し、栞をはさんであるページを開きました。すると、どこからかベビーカーを押した若いお父さんが現れて隣に腰を下ろしました。年齢は三〇歳くらいかな。

ベビーカーに乗っているのは女の子で、コンビニの袋をおもちゃにして遊んでいました。

「おーい、危ないことすんなよっ」

そのお父さんが、遊具の方に向かって声をかけました。

見ると、五歳くらいの息子くんがこちらを振り向いて、いたずらっぽくニカッと笑って見せました。

「ふう……」

くたびれたようにため息をついたお父さんは、スマートフォンを手にして画面に視線を落としました。

ベビーカーに乗っていた赤ちゃんが、こちらに気づいて不思議そうな顔をしたので、ぼくは思わず顔の横で小さく手を振りながら、さっきの息子くんみたいにニカッと笑いかけてみました。

すると、赤ちゃんもニコニコに。

うはぁ、可愛い――。

お父さんがスマートフォンをいじっているあいだ、ぼくは赤ちゃんと表情だけで(変顔を含む)「会話」を愉しませてもらいました。

しばらくしてスマートフォンから顔を上げたお父さんが、赤ちゃんとにらめっこをしているぼくに気づきました。

「あっ、なんか、すみません」

「いえいえ。可愛くて、つい。何ヶ月ですか?」

「えっと――、もうすぐ八ヶ月になります」

そんな定型文みたいな会話をきっかけに、ぼくらは、ぽつり、ぽつり、と世間話をしはじめました。

若いお父さんいわく、転勤で引っ越してきたばかりで、この公園に来るのもはじめてとのことでした。

「いつもは嫁さんが子供たちを連れてくるんですけど、今日は風邪で病院に行ってて、ぼくが代わりに。でも、なんか……」

言葉の続きを待っていると、彼は後頭部を掻きながら、ちょっと照れ臭そうに笑いました。

「周りがお母さんばかりで……。男は居場所がないんですよね」

「ああ、分かります、それ。ぼくもそうだったなぁ」

「やっぱり、そうでしたか」

ふいにベビーカーの赤ちゃんが、何やら可愛らしい声を上げました。お父さんは、そっと赤ちゃんを抱き上げて、そして、ちょっとくたびれたように微笑みました。

「引っ越してきてから仕事が忙しくて、ぼくはあまり子供たちと遊んでやれなくて……」

そう言いながら遊具で遊んでいる息子くんを見つめる横顔が、ちゃんと「お父さん」だったので、ぼくは勝手に幸せな気持ちになってベンチから腰を上げました。

「じゃあ、ぼくは、そろそろ」

「あ、はい。ありがとうございました」

歩き出したぼくの足元からは、長い影が伸びていました。

公園を走り回る子供たちも、井戸端会議のお母さんたちも、みんなが自分の長い影を踏んでいます。

ぼくは、お父さんに抱っこされた赤ちゃんにもう一度だけ手を振って、その公園を後にしました。

コンビニに立ち寄って、何かしら懐かしいお菓子でも買って帰ろうかな――、なんて思いながら。

長い影が伸びる夕暮れの空気感が好きです

27 街でも出会える野生動物

我が家は東京湾の最奥部、いわゆるベイエリアにあります。

南風が吹くと潮の香りがするようなところです。

大都会ではありませんが、建物が密集した住宅地なので、正直、「自然」と呼べそうな場所は、ほとんど残っていません。

まだぼくが子供だった頃は、少しだけ森があって、湿地もあって、田畑や用水路はけっこうあって、空き地や野池もあって、そこそこ野遊びを楽しめたものですが、いまは雨後の筍のように林立したマンションに取って代わられました。都心からのアクセスがいいため、人口爆発を起こしたのです。

ところが――、
そんなコンクリートとアスファルトだらけの街でも、散歩をしていると、ふと思いがけない野生動物と出会うことがあるのです。

つい先日の夕方も、ぼくが自宅の目の前にある駐車場を通りかかったとき、二匹のタヌキがまるいお尻を振りながらテケテケと歩いていました。

そっと近づいていくと、ぼくに気づいた二匹は慌てて走り出し、なんと我が家の門の下の隙間をくぐりぬけて庭へと入っていくではありませんか。

まさか、うちの庭がタヌキの通り道になっていたとは……。

それにしても、コンクリートとアスファルトだらけのこの街の、いったいどこに巣穴を掘って繁殖しているのでしょう?

ほんと、謎です。

一方、人家の屋根裏などに入り込んで営巣し、そこで繁殖してしまう害獣もいます。

最近、テレビでもよく目にするハクビシンです。

おでこから鼻先にかけて白い筋が入っているジャコウネコ科の外来種なのですが、じつは数年前、我が家も屋根裏に入り込まれてしまい、大変なことになりました。

猫くらいの大きさがあるので、屋根裏で走り回られるとドタバタうるさいうえに、タヌキと同様、必ず同じところに糞尿をするので、寝室の天井にシミができてしまったのです。

このまま糞尿の重さで天井が抜けては困るので、仕方なく業者に駆除（天井に入り込む穴を塞いでもらう）をしてもらい、糞尿が積み上がっていた天井は、はがして交換するハメになりました。

そんなわけで、ぼくはハクビシンには恨みがあるのです。

夕方、散歩をしていると、ときどき電線の上を歩いているハクビシンを見かけます。そういうとき、ぼくは視線で「こんにゃろ～」と怒りの念を送ります。

徹夜で原稿を書いているときに窓の外から「ギュッ、ギュッ、ギュッ」とハクビシンの鳴き声が聞こえてくると、なんだか嘲笑われているような気がして腹が立つのですが、外に向かって怒鳴るわけにもいかないので、「さあ、出でよ、近所の犬や猫たちよ！　力を合わせて奴と戦うのだっ！」と心のなかで念じています。

ここ数年、ぐっと数が減ったように思えますが、夜になるとフクロウの鳴き声が響き渡ることもありました。フクロウって、森にしかいないイメージがありますけど、ときどき住宅地の方にまで飛んでくるようです。ハクビシンと違って、夜のフクロウの鳴き声には情緒があって、じつにいいものです。

さて、これもつい先日のことですが、近所を散歩していると、住宅地のなかに残された小さな畑に、たくさんの動物たちの足跡があることに気づきました。

近づいてよくよく観察してみたところ、どうやらこの足跡を残した動物は一種類ではないようです。

いったいどんな動物たちが、この畑の上を行き来しているのかな――。

あれこれ想像しながら畑の写真を撮って、再び歩き出すと、生き物が好きなぼくの気持ちは、ほっこり和んでいるのでした。

あ、もちろん、ハクビシンだけは、ぼくの想像の世界からも除外しましたけどネ。

色々な足跡が残された畑

28 満月の光を浴びながら

ぼくは、あまり失くし物をしないタイプなのですが、最近、珍しく、どこを探しても見当たらない物の存在に気づいたのでした。

『月光浴』という写真集です。

著者は、写真家の石川賢治さん。

書名のとおり、太陽光ではなく「満月の光だけ」で撮影された自然風景の写真集なのですが、これが、じつにいいんです。

ひとつひとつの写真のなかに「青い静謐《せいひつ》」がそっと閉じ込められているようで、これを眺めていると、不思議なくらい心がすうっと落ち着いてくるんですよね。

でも、なぜかその写真集が書棚に、ない。

う～ん、誰かに貸したかな？

もし、ぼくから借りた覚えのある人が、この本を読んでいたら、返却をお願いします。なるべく早くネ。

さて、写真集『月光浴』が見つからずにいたその夜、なんとなく換気をしようと執筆部屋の窓を開けると、外はクリーミーな優しい光で満ちていました。

なんと、この日は偶然にも満月なのでした。

そうか、写真集で『月光浴』を堪能できないのなら、自分が外に出てリアルに月光浴を愉しめばいいじゃないの。

というわけで——、

さっそく、ぼくは静かな夜道へと繰り出したのでした。

月の光を味わいたいので、なるべく街灯のない路地を選んで歩いていきます。周囲が暗ければ暗いほど、満月の光は存在感を発揮して、ぼくの足元をやわらかく照らしてくれました。

見上げた農家の瓦屋根も、すぐそばの生垣の葉っぱも、その一枚一枚がひとしく月光を浴びて、つやつやと輝いています。

うん、月光浴をしながらの散歩、いいな——。

静かな夜の匂い。

草むらから湧き上がる虫たちの恋歌。

襟元を撫でる夜風までが「青い静謐」に彩られているような気がしてきます。

ぼくはバニラアイスみたいな白い月を眺めながら、ゆっくりと深呼吸をしました。


暗い道を抜けると、とたんに街灯や自動販売機の明かりが目につきます。ふだんはあまり意識したことがなかったのですが、人工の明かりって、ものすごく明るいんですね。

月明かりが「軟質」なら、街灯や自販機の明かりは「硬質」に感じます。

そんな煌々とした明かりのなかを歩きながら、ぼくは思いました。


夜って、もう少し暗くてもいいいんじゃないかな、と。

葉っぱを透かすほど明るい満月の光

夜がしっかりと暗いって、じつは、それだけで「夜らしい」という風情を感じられるような気がしたんですよね。

でも、やっぱりアレかな。暗いと犯罪や事故が増えたりしそうだから、なかなかそうもいかないのかな？

満月の光を味わいながら散歩を続けたぼくは、コンビニに立ち寄りました。せっかくなら、満月みたいなカップのバニラアイスを買って帰ろうと思ったのです。

コンビニからの帰途、ぼくはiPhoneのカメラで満月をロックオン。そのままシャッターボタンを押したのですが――、しかし、撮れたのは「青い静謐」ではなく、黄色っぽい写真でした。

う〜ん……、まあ、いっか。

いまは写真の色より、アイスが溶ける前に帰宅することの方が大切だ。

花より団子。

月よりアイス。

そんなことを考えながら、静かな月光浴の散歩から帰宅したのでした。

29 メメント・モリサワ

最近、ぼくのお気に入りの喫茶店では「スパークリング珈琲」を飲ませてくれます。

まだメニューにもない、常連だけが知っている試作品です。

そういうのが飲めるって、ちょっと嬉しいですよね。

この喫茶店の「スパークリング珈琲」とは、ざっくり言うと、濃いめのアイスコーヒーを炭酸で割って、そこに漬した果実（日によって違う）を投入したものです。

コーヒーのコクと苦味、果実の酸味と甘み、それらが炭酸によって口のなかでパーンと弾ける、まさに「大人の夏っ！」って感じの逸品です。

その日も、ぼくは「スパークリング珈琲」を飲むために、ぶらぶらと近所の道を歩いていました。頭を殴られるような夏の日差しを避けるため、ちょっぴり遠回りだけど、樹々の多い日陰の道を選びながら。

喫茶店に着くと、ぼくは「どうも、どうも」と言いつつ、いつものカウンター席へ。

そして、マスターと「今年もヤバい暑さだよねぇ」なんて、他愛のないおしゃべりを愉しみながら、キンキンに冷えた「スパークリング珈琲」を飲みはじめました。

うん、やっぱり美味しい。

少しして、マスターが別のお客のコーヒーを落としはじめたので、ぼくは何となくスマートフォンを手にしました。そして、SNSのタイムラインに目を通していると――。

え……。

その瞬間、世界から音が消えました。

ぼくが編集者だった頃から、何度も仕事でご一緒させて頂いた装丁家（ブックデザイナー）の訃報と出会ってしまったのです。

その訃報は、装丁家のご家族が書かれたもので、SNSの投稿としては、かなり

スパークリング珈琲

の長文でした。

ぼくは、それを二度繰り返して読みました。

投稿には、在りし日の装丁家の写真や動画も付いていました。

この人と、もう会えないなんて——。

写真のなかの装丁家は、愛嬌たっぷりに笑っていました。

ころん。

飲みかけの「スパークリング珈琲」のグラスのなかで、溶けた氷の音がしました。

その音を合図に、ぼくは、ひとりの世界から戻ってきました。

「俺は、こういう風に死にたいんだよ」

生前、装丁家は周囲の人たちに「理想の臨終」について話していたそうです。そして、実際、その通りの亡くなり方をしたのだとか。

ぼくにとっては、唯一、その情報だけが救いとなりました。


スマートフォンをカバンにしまって、「ふう」と息をついたら、マスターがぼくを見て、にっこりと笑いかけてくれました。

「やっぱり、美味しいよね、これ」

ぼくは、そう言って「スパークリング珈琲」を飲み干すと、喫茶店を後にしました。

帰り道も、行きと同じ日陰の道を選びました。

ところが、同じ道を歩いているはずなのに、ぼくの目にはまるで違った風景に映りました。

世界の彩度が上がって、きらきらして見えたのです。

草木も、夏空も、木漏れ日も、目に見えない風までも。

ふと、道端に生えている小さな黄色いキノコが目に留まり、ぼくはしゃがみ込みました。

絵本に出てきそうなくらいカラフルなキノコだな――、と思いながら写真を撮っていると、なぜか脳裏にラテン語の一節がよぎりました。

作り物みたいな色をしたキノコ

メメント・モリ。


死を忘れるな、という意味の警句です。

ああ、そうか――、とぼくは胸裏で頷きました。

装丁家の「死」は、ぼくに「生」を意識させてくれたのです。

だからこそ、目の前の風景がきらきらして見えたに違いありません。

ぼくは、ふたたび歩き出しました。

そして、自分なりに五感を開いてみました。

頭上から降り注ぐ無数のセミの声。むっとする草いきれ。サウナみたいな蒸し暑い熱気。背中を伝う汗の感触――。

「暑すぎるだろ」とボヤきながらでもいいから、すべてをしっかり味わっておこうと思いました。

だって世界は、きらきらしているのだから。

今日からぼくは、死を意識することで生を輝かせて生きる「メメント・モリサワ」になりますので、宜しくお願い致します。

30

人生をバラ色にする方法

人生には三つの坂があります。ひとつめは「上り坂」、ふたつめは「下り坂」、そして、みっつめは「まさか」です——、なんていう使い古された結婚式のスピーチがありますが、先日、ぼくはその「まさか」と出会ってしまいました。

熱中症になったのです。

喉が渇いたなぁ、と思いつつも、我慢して自宅の廊下で「棚」を組み立てていたら、いきなり目眩《めまい》がしはじめて——。

気づけば「ハアハア」と変態みたいに呼吸が荒くなり、やがて倒れてしまったのです。

しかし、往生際の悪いぼくは、倒れる直前に、冷やした経口補水液をガブ飲みし、さらに氷嚢《ひょうのう》で鼠蹊部《そけいぶ》や頸動脈《けいどうみゃく》などを冷やしたので、ぎりぎり救急車を呼ばずに済みました。

いまだから言えますが、「うそ……、俺、死ぬの？」と思いましたし、復活してからも、三日間くらいは、後遺症で身体の調子がすこぶる悪かったです。

というわけで、転んでもタダでは起きないぼくは、この「まさかの経験」を生かして、「散歩をする前には水分補給」を心がける人間へと成長したのでした。

つい先日も、散歩の前に麦茶をごくごく飲んで、いざ出発。

外はかんかん照りでしたが、真夏の開放的な感じは嫌いではありません。

サルスベリの花のピンク色、マッチョな入道雲のまぶしい純白、水たまりに揺れる逆さまの世界——、ああ夏だよなぁ、でも、執筆ばかりでどこにも行ってないよなぁ、

海か川に飛び込みたくなる夏空

なんて思いながら、いいペースで歩いていました。

ところが、しばらくすると下腹部に違和感が。

尿意です。

出発前に麦茶をガブ飲みしたのがマズかったようです。

ヤバい、ヤバい、と少し慌てながらも、近くにあるコンビニに飛び込んだぼくは、心のなかで勝手に「セーフ」とつぶやいていたのですが、なんと、その店のトイレのドアには、こんな張り紙があったのです。

『新型コロナウイルス感染予防のため、現在、トイレの貸し出しは中止とさせて頂いております』

えええええ〜っ!

ぼくは慌ててその店から飛び出しました。

そして、満タンの膀胱に振動が伝わらないよう、忍者のごとく足音のしない歩き方でもって自宅へと急ぎました。

いい歳して、立ちションは出来ないよなぁ……。

つーか、日本政府よ、俺たち国民はトイレが心配で、もはや散歩もロクにできないではないか。こうなった以上、主要道路には二〇〇メートルおきに公衆トイレを設置してくれ！

もはや脳内がパニックになりかけていたぼくは、そんな阿呆なことを考えながら、必死に腰から下を動かし続けるのでした。

自宅の近くまで戻って来た頃には、すでに全身から冷や汗がダラダラ。そのせいで脱水症状になり、ふたたび熱中症になってしまうのではないかと心配になるほどでした。

やがて帰宅したぼくは、ぎりぎりのところでトイレに飛び込み、セーフ。

放尿中は、あまりの安堵と解放感で、目の前がきらきらとバラ色に輝いて見えました♪

人生をバラ色にしたいなら、おしっこを極限まで我慢してから放尿すればいい――、ということを、転んでもタダでは起きないぼくは学んだのでした。

第4章

「優しさ」の作り方

31 水色の小さな自転車

南風の強い午後——。

散歩をして少し汗ばんだぼくは、自販機で冷たい缶コーヒーを買い、通りかかった公園のベンチに腰掛けました。隣のベンチには、ちょっぴり上品な感じの白髪のおばあさんが一人で座っています。

ぼくらの目の前では、おさげ髪の女の子が自転車の練習をしていました。真新しい水色の自転車にまたがって、緊張で肩をすくめるようにしているその子は、たぶん五歳くらいかな。

ジーンズをはいた若いお母さんが、小さな自転車の荷台を押しては、恐るおそる手を離し、ふらつく娘の背中を不安そうに見守るのですが——、でも、結局は転んで泣きそうになっている女の子に駆け寄って、背中を撫でながら励ましています。

女の子はすでに膝も肘も擦りむいているようでした。

それでも、お母さんと一緒に自転車を起こし、真新しい自転車にまたがるのです。

ほんと、頑張り屋さんです。

何か新しいことにチャレンジして、失敗と修正と上達を繰り返し、やがて成功を摑み取る。この一連の流れこそが、人を成長させ、進歩させるんだよなぁ……。

女の子の挑戦を見つつ、そんなことを考えていたら、ふと、昔のことを思い出しました。

ぼくが、そこそこの規模の（そこに居れば「安泰」と言われていた）出版社を辞めて、フリーランスという生き方にチャレンジをしはじめたときのことです。

すでにフリーになって何十年という大先輩のライターさんに、当時のぼくはこんなことを言われました。

「えっ、森沢くん、会社を辞めちゃったの？　いやぁ、もったいないな。会社に居ればラクなのに。ほんと馬鹿なことをしたよね。きみ、この先、絶対に後悔するよ」

一方、別の大先輩は、ぼくがフリーになったと知るや、すぐに飲みに連れていってくれました。そして、こう言いました。

「いよいよ森沢もフリーの仲間入りか。正直、大変なことも多いけどさ、自分の人生を自分の腕ひとつで自由に創っていくっていう愉しみの方が大きいから、とにかく全力で頑張れよ。あ、そうそう、フリーとして喰っていくにはコツがあってさ――」

心からのエールとアドバイスをくれたのです。

まさに正反対とも言えそうな言葉をくれた両大先輩ですが、前者の大先輩は、(言葉は悪いですけど、正直に書くと) フリーライターを続けていても、まったく芽が出ず、いつも愚痴をこぼしながら業界の底辺あたりをうろついているような人でした。

しかし後者の大先輩は、フリーライターとして頭角を現し、やがて世界を股にかけた作家になり、何十冊もの著書を世の中に送り出したどころか、テレビや映画の世界でも活躍して有名になった人です。

当時のぼくが、どちらの大先輩の言葉を受け止めたかは、推して知るべしですよね。

やっぱり人は、モノの見方や考え方ひとつで、チャレンジと努力のレベルと回数と質が変わるので、結果も、おのずと変わってくるようです――。

そんな、懐かしい時代を思い出していたら、まさにいまチャレンジ中の女の子が、ふらつきながらも自転車に乗れたのでした。

「わっ、やった、やった、すごい、すごい」

手を叩きながら、ぴょんぴょん跳ねている若いお母さん。

緊張しつつも笑顔を浮かべながらペダルを必死に漕ぐ女の子。

ふと、隣のベンチを見たら、白髪のおばあさんが胸の前で小さく手を叩いていました。ぼくと目が合うと、メガネの奥の目頭を指でそっとぬぐいました。

「もしかして、お孫さんですか？」

と、ぼく。

「ううん。ぜんぜん知らない子なのよ。でも、嬉しいじゃない？」

「はい。なんか感動しちゃいますね」

こういう空を見ると、ふと昔日を思い出します

外野のぼくらがそんな会話をしていたら――、ガシャン！

せっかく乗れたのに、今度はうまく曲がれず、派手に転んでしまったのでした。

そして、ついに女の子は泣き出してしまいました。

「ああ……」

と、小声を洩らしたおばあさんは、眉をハの字にしつつも、口元は微笑んでいました。きっと、ぼくも同じような顔をしていたと思います。

なぜなら、ぼくらは確信していたからです。

あの女の子は、もうすぐ立ち上がって、涙を拭きながら自転車を起こし、サドルにお尻を乗せ、ハンドルをギュッと握り直し、まっすぐに前を向いて、そして、ふたたび力強くペダルを漕ぎはじめるということを。

32 鉄塔がジジジと鳴く理由は?

真夜中に連載小説の原稿を書いていました。

マニアックな離島を舞台にした、ちょっと風変わりな物語です。

しかし、その夜は、ぼくの脳内で生きているキャラクターたちが反抗期に入ってしまったようで、なかなか動いてくれません。

つまり、やたらと筆が重いわけです。

「ああ、もう……」

なんて一人でボヤいていたら、今度は腹が減ってきて、いよいよ、プツン、と集中が切れてしまいました。

腹が減ってはイクサ(執筆)はできません。

で、どうせ夜食を食べるならキャラクターたちをシャキッとさせる刺激が欲しいよなぁ……、なんて考えていたら――、
ファミリーマートの「花椒香る四川風麻婆豆腐丼」がいい♪

ぼくのなかの「食いしん坊なボク」が膝を打ちました。

でも、天気予報では、朝までずっと雨が降り続くことになっています。

せめて小雨になっていてくれたら……。

と執筆部屋の窓を開けてみると、なんと、さっきまで降っていた雨がやんでいるではありませんか。

どうやら、ちょっとした晴れ間に巡り会えたようです。

これはまさに、気晴らしの散歩をすべきタイミング。

というわけで、ぼくはポケットに財布代わりのスマートフォン（Suicaで支払う）をねじ込んで、深夜の濡れたアスファルトの上をてくてく歩き出しました。

路地を抜けて国道を渡ると、送電用の巨大な鉄塔がデーンとそびえ立っています。

そして、そのすぐ上の夜空には月が浮かんでいました。

今夜は満月かな――。

湿度が高いせいか、ちょっとおぼろな月でしたが、それでも皓々《こうこう》と世界を照らしています。しかも、鉄塔と月は、まるで昔からコンビを組んでいるかのように仲が良さそうです。

月は輪郭もあやふやで、ふわっとしていますが、鉄塔はキリッと凜々しく立っていて、しかも、ジジジジジジジジジ……と音を立てていました。なんだか、いまにもロボットみたいに動き出しそうです。

そういえば、このジジジジ……という音、子供の頃から気になっていたんだよな――。

そう思ったぼくは、ファミリーマートでお目当ての麻婆豆腐丼を買って帰ると、それをせっせと食べながらネットで調べてみました。

どうして鉄塔はジジジジという音を立てるのか、を。

（ぼくは、こういうどうでもいいことを調べるのが大好きなのです）

で、その結果は、ざっくり、こういう理由でした。

あの音の正体は「陶器製の絶縁体である碍子《がいし》表面の部分放電による音」とのことです。

ちなみに、あの音が出るには二つの条件があって、まず碍子に塩分や塵や埃がつ

月と鉄塔は仲良しみたいです

いた状態であること。さらに、そこにプラスして、湿度が高かったり、小雨が降ったりしていること、だそうです。

「なるほど、そういうことか」

とつぶやいてみたものの、分かったような、分からないような……。

とにかく、お腹も好奇心もまあまあ満たされたぼくは、ふたたび執筆部屋に戻り、窓を開けてみました。しかし、ついさっき皓々と世界を照らしていた月は、雨雲の裏に隠れていました。遠くにそびえ立つ鉄塔も、月を失ったせいか、どこか淋しげに「ジジジジジ……」と部分放電とやらの音を立てています。

ぼくは闇のなかに目をこらしました。

すると、小雨が降っていることに気づきました。

まさに、一瞬の隙をついたような完璧なタイミングで、ぼくは散歩（と買い物）をしてこられたのでした。

その夜、ぼくは、窓を少しだけ開けたまま執筆を続けました。

鉄塔と小雨の声をBGMにして、なんとなく穏やかな気分で空想の世界とつながっていたら——、それまで反抗期だったキャラクターたちも、いくらか落ち着きを取り戻してくれて、著者はとても助かったのでした。

33 仲直りのどんぐり

いま長編の連載小説に取り組んでいます。

じつは、あと数ページで脱稿できそうなところまで漕ぎ着けているのですが、しかし、いちばん最後の最後、いわゆる「オチ」が、どうも上手くきまらなくて……、書いては消し、書いては消し、の繰り返しです。

ずーっと悶々としながら原稿と向き合っていたら、さすがに気分が萎えそうになってきたので、ぼくは椅子から立ち上がりました。

こういうときこそ気分転換の散歩に出て、いったん小説の世界から離れた方がいいんですよね。

そんなわけで、買ったばかりのスニーカーを履いて、いざ出発。

ふと空を見上げると、一面、障子紙みたいな薄曇りでした。

あとほんの少しで青空が見えそうなのに、でも、どこを見ても曇っているという——、この煮え切らない感じは、まさに、いまのぼくの状況とそっくりで、思わずため息を洩らしてしまいました。

ああ、駄目、駄目。

散歩中は仕事のことを考えないようにしないと。

さっそく気分転換に失敗しかけている自分に苦笑しつつ、ぼくはあえて秋風の匂いをかいでみたり、新しいスニーカーの感覚を味わったりして歩きました。

そのまま、ゆったりしたペースで小学校時代の通学路を歩いていると、少し先の方で甲高い声が上がりました。五歳くらいの男の子たち二人が、道端で口喧嘩をはじめたのです。

あらら……と思って近づいていくと、どこからか母親たちが駆け寄ってきて、それぞれの息子を優しくたしなめました。でも、背の高い方の子は納得がいかないようで、「違うんだよ、〇〇くんがね」と不満を口にしながら、悔しそうに泣き出してしまいました。

分かるよ、そういう気持ち。

ときに大人って生き物は、安易に理不尽を飲み込ませようとするもんね。

ぼくは彼らを横目で見ながら静かに通り過ぎました。

昔々、ランドセルを背負ったぼくが、友達とじゃれ合い、喧嘩をし、笑ったり泣いたりしていたこの通学路で、いまも子供達が同じように喜怒哀楽を味わっているのって、なんだか悪くないなぁ、なんて思いながら。

ところで、自分の心が「懐古的」になると、目に入ってくる風景までが懐かしいモノへと変わってくるということをご存知でしょうか？

たとえば、子供の頃によく引っこ抜いて遊んだ道端のエノコログサ（通称＝ねこじゃらし）がたくさん生えていることに気づいたりするんです。だから、このときのぼくは、エノコログサ以外にも、車に轢かれてペシャンコになった空き缶や、電柱に空いている小さな穴、踏むとガタガタ鳴るドブ板の隙間、こんもりとした苔のかたまりなどが見えてきました。

「小学生の目」で見えてきた苔

ぼくの場合、心が「懐古的」になると、一時的に「小学生の目」を取り戻すようです。

せっかくなので、ぼくは、あえて「小学生の目」で世界を楽しみながら通学路を歩き、いまもある母校の前を通り抜け、さらに、その先の道をぐるりと歩いて、行きつけの喫茶店で休憩――。

そして、ふたたび歩き出し、さっきの道へと戻ってきました。

するとぼくの「小学生の目」は、ちょっと素敵なものを見つけたのでした。彼らが喧嘩をしていたあたりの道端に「どんぐり」が置かれていたのです。

ここは住宅地なので、頭上を見上げても、どんぐりを落としてくれるような樹はありません。ということは、あれから二人は仲直りをして、一緒にどんぐりを拾い、ふた

どんぐりにほっこりしました

たびここに戻ってきて遊んだのかも知れません。

そうだったら、いいな――。

ぼくは、思わずスマートフォンを手にして、どんぐりの写真を撮りました。そして、家に向かって歩き出しました。

空は相変わらず、パッとしない薄曇り。

でも、心の片隅には、ちょっぴり晴れ間が見えた気がします。

いまなら原稿、書けるかも――。

単純なぼくは、いつの間にか少し大股で歩いていました。

34

メモが止まらなくなる散歩

雨降りの日が続きました。

テレビの天気予報でも「ここひと月は雨の日が非常に多かった」と言っていましたし、日照時間が足りないせいで野菜の生産量に影響が出るかも、という情報まで耳に入ってきます。

なんだか、ちょっと心配です。


長雨のあいだは、散歩が大好きなぼくでも、さすがに外出する気になれず、執筆部屋でひたすら原稿を書いていました。

疲れたら窓辺に立って外をぼんやりと眺め、「よく降るなぁ……」なんて嘆息したり、窓を少しだけ開けて、生ぬるい雨の匂いを嗅いだりもしていました。

悔しかったのは、たまの晴れ間があっても、その日に限って、なぜか締め切り間際の原稿を抱えていたことでした。

雨でも出られず、晴れても出られず……。

ぼくの「脳」と「心」は、ちょっぴり死にかけて、カビが生えていたかも知れません。

ようやく天候とぼくの執筆スケジュールがいい具合にマッチして外に出られたときは、「ついに娑婆《しゃば》に戻ってきたぜ」的な、まさに晴れ晴れとした気分で、歩きながら何度も深呼吸をしては、青い風で肺を洗いまくりました。

その散歩で驚いたのは、歩きはじめてすぐに、ぼくの内側から「言葉」と「ひらめき」が溢れ出して、メモを止められなくなったことでした。

ちょっと歩いては立ち止まり、スマホにメモ。

また歩いては立ち止まり、スマホにメモ。

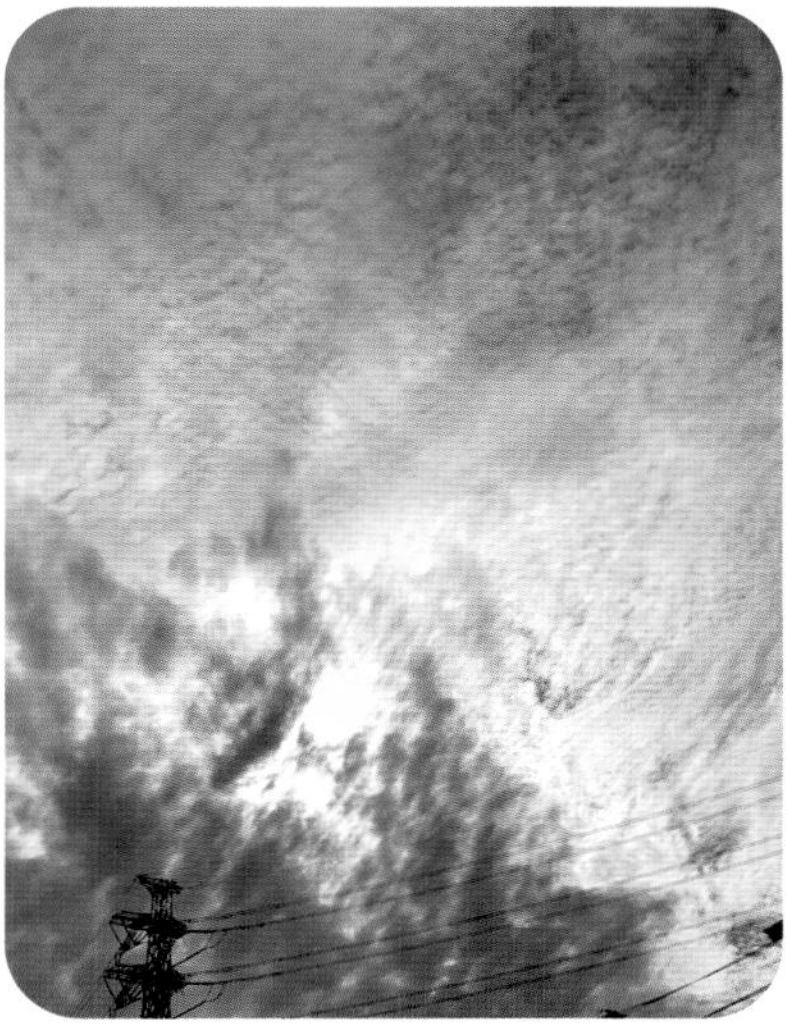

久しぶりの散歩で、いい空と出会えました

それの繰り返しで、遅々として先に進めないのです。

まさに「脳」と「心」がシャキッと目覚めたような、そんな感覚になったのでした。

執筆部屋にこもっていたときのぼくは、「言葉」と「ひらめき」を絞り出そうと、日夜ひたすら悶々としていたのに……。

やっぱり小説家は、なるべく外に出て、五感に新鮮な刺激を与えないと駄目みたいですね。

余談ですけど、ぼくはメモがわりに「LINE」のグループ機能を活用しています。あらかじめぼく一人だけのグループを作っておいて、そのグループ宛てに文章や写真を送信しているのです。

もちろん、パソコンの「LINE」とも連動させているので、外出先でメモして送った内容を、帰宅後にパソコンで見返したりコピペしたりもできるので、とても便利です。

メモをよく取る人には、かなりおすすめです。

さて、久しぶりの散歩は、メモばかりしていたのと、気分が清々しかったのとで、たっぷり二時間近くも歩いてしまいました。

ちなみに、この日、ぼくが最後にメモした「ひらめき」は、

『久しぶりに散歩をするとメモが止まらなくなる。それをネタに「ごきげんな散歩道」を書く』

でした。

つまり、そのメモのおかげでこの原稿が生まれ、いま、あなたにお届けできたわけです。

散歩もできて、原稿も書けて、気分はすっきり。

明日も、晴れたらいいな――。

35

怪しく、深い、霧の夜に

原稿の締め切りが迫ってくると、なぜか、ぼくの脳みそは「ヤバい！　と思うこと」に全力を尽くそうとします。いつもどおり普通に「物語の創造」に全力を尽くしてくれれば、ちっとも「ヤバい！」と思わなくて済むのにね。

ぼくの脳みそは不思議ちゃんです。

さて、先日も脳みそが不思議ちゃんになりかけていたので、ぼくはそれを防ぐ特効薬とも言える「コンビニ散歩」に出かけることにしました。

時刻は、ほぼ丑三《うしみ》つ時《どき》です。

スニーカーを履いて玄関を出ると――、外は濃霧でした。

見慣れた街灯や信号機の明かりが、ぼんやりと幻想的に浮かび上がっています。

なんとも怪しく、幽玄で、ひんやりとした景色だなぁ、と思いつつ、ぼくはいつものコンビニへ向かって歩きました。

店に入ると、昨年あたりから顔見知りになっていた店員のK君と目が合ったので、軽く手をあげて挨拶をしました。

「こんばんは」

「いらっしゃいませ。今夜は霧ですね」

「すごいなぁ。『霧』っていう単語も知ってるんだ」

じつはK君、ネパール人の青年なのです。

「ありがとうございます。でも、私は、まだまだです」

K君は上手に謙遜して、はにかんでみせました。

「まだまだじゃないよ。日本語って、すごく複雑で難しいのに、敬語まで使えるんだから。本当に素晴らしいよ」

ぼくがべた褒めすると、K君の笑顔がパッと大きくなりました。

「まあ、敬語も難しいけど——、ちょっと漢字がねぇ〜」

と、いきなり敬語が飛んでしまうところが、むしろ可愛いというか何というか。

とにかく彼は愛すべき青年なんです。

霧に包まれた幻想的な夜でした

ぼくがK君のいるレジで買い物をするとき、彼はいつもニッコリと親しみのこもった笑みを浮かべながら、「お支払いは、いつものSuicaでいいですか?」と訊いてくれます。

ぼくは、ちゃんと覚えていてくれてるんだなぁ――と、心がほっこりします。以前、お菓子を買ったときには、「これ、美味しいですよねぇ」と、共感の言葉をプレゼントしてくれました。

ぼくは、K君が使う日本語(ときどき敬語が崩れたりもするけれどネ)が大好きです。なぜなら相手にとって気持ちのいい言葉を、いつも一生懸命にチョイスしていることが伝わってくるからです。

そして、だからこそ彼は、後輩の外国人研修者たちから慕われ、頼られているし、聞くところによると、日本人のアルバイトやパートさんたちからも、とても愛されているのだそうです。

ようするにK君は「ファン」に囲まれた人生を送っているのです。

最高ですよね。

ぼくは前々から思っています。

言葉とタンポポは似ているなぁ――って。

タンポポが命をつなぐ綿毛（種）を風にのせて飛ばせるように、ぼくらは「言葉」を飛ばすことができるからです。

「言葉」は、口伝はもちろん、書物になったり、インターネットを介したりして、世界のどこへでも飛んで行き、拡散される可能性を秘めています。そして、その「言葉」と出会った人に、大なり小なり影響を与えます。

影響を与えるということは、つまり、「言葉＝エネルギー」なんですよね。使い方ひとつで、自分や他人の人生をも変えてしまう可能性がある、いわば「飛ばせるエネルギー」です。

そう思うと、なんだか言葉って魔法みたいですし、言葉を使えるぼくらは、ちょっとした魔法使いなのかも知れません。

さて、その夜のぼくは、もちろんK君のいるレジで買い物をしつつ、彼の爽やかな笑顔を見ながら「エネルギー交換」をして店を出ました。

店の外は相変わらず見通しの悪い濃霧の世界です。

でも、その霧は、K君としゃべる前と比べると、どこかクリーミーでやさしいものに感じられるのでした。しかも、ありがたいことに、不思議ちゃんだったぼくの脳みそも元通りに回復。

というわけで今回は、K君の口から放たれた魔法のおかげで（？）、なんとか締め切りに間に合ったぞ——、という、ハッピーエンドなお話でした。

36 朝の森のトトロ散歩

生まれてはじめてグランピングを体験しました。

釈迦に説法で書くと、グランピングとは、「グラマラス（魅力的な）」と「キャンピング」を組み合わせた造語です。

ようするに、手ぶらでキャンプ場を訪れても、まるでホテルに泊まるような豪華さを味わえるキャンプ、という趣旨なのだと思います（詳細は、ネットで検索してみて下さいネ）。

ぼくがグランピングに訪れたのは、房総半島の山奥にあるキャンプ場で、担当編集者やカメラマンらと一緒でした。

つまり、遊びではなく、取材のために——、と言いつつも、気分は完全に遊びモードでしたけどネ。

さて、その日の取材を早めに終えたぼくは、編集者やカメラマンが風呂に入っているときに、ふらりと一人でキャンプ場の内外を歩きはじめました。

夕飯までのあいだの、ちょっとした散歩です。

足元の草花を観察したり、空に浮かぶ雲を眺めたり、森の匂いのする風を深呼吸したりしていると、その風に、やわらかな瀬音が乗っていることに気づきました。

ぼくは、かつて、美しい川で遊ぶために北海道から沖縄まで野宿旅をしまくった経験があるほどの「川好き」です。なので、当然、瀬音のする方へと向かいました。

キャンプサイトから続く、急な森の斜面を下りていくと、幅五メートルほどの川が流れていました。狭い河原には小学生くらいの子供が二人いて、水面に向かって石ころを投げて遊んでいます。顔がよく似ているので、おそらくは姉弟でしょう。

ぼくは彼らから少し離れた汀《みぎわ》にしゃがみ込むと、周囲に転がっている大きめの石を、よいしょ、よいしょ、と転がしていきました。石の裏に隠れている生物を捕まえたり、観察したりするためです。

すると、石ころを投げていた二人が近寄ってきました。

「ねえ、何してるの？」

あっけらかんとした声で、小さい方の男の子がぼくに訊ねました。

「川の生き物を捕まえて遊んでるんだよ」

「えっ、何が獲れるの？」

今度は、聡明そうな年上の女の子です。

「色々と獲れるよ。二人は何年生？」

「わたしが四年で、こっちが一年」

「姉弟？」

「うん」

人懐っこくて可愛らしい姉弟だなぁ——、とほっこりしつつ、ぼくは、「そっか。じゃあ、ちょっと見ててごらん」と言って、汀の石を転がしました。

すると、隠れていた沢蟹《さわがに》が慌てた様子で飛び出してきました。ぼくは、それを、ひょい、と押さえ込んで捕まえました。

「ほら。沢蟹だよ」

「うわぁ、カニだ」

と目を丸くするお姉ちゃん。

甲羅の青い沢蟹。貧乏な野宿放浪時代はよく食べました

「俺、青いカニ、はじめて見た！」

と興奮気味に言う弟くん。

「一緒に獲る？」

「うん！」

「うん！」

ぼくは沢蟹の獲り方を二人に教え込むと、河原に落ちていたペットボトルを拾って、それをポケットのキーホルダー（スイスの十徳ナイフ）で半分に切りました。

そして、そこに少しだけ沢の水を入れて、即席の水槽にしてやりました。

「捕まえたら、ここに入れるといいよ」

「うん！」

「うん！」

それから二人は、日暮れ近くに両親が迎えに来るまで、沢蟹、ヤゴ（トンボの幼虫）、イモリ、オタマジャクシなどを、キャーキャー言いながら獲っては、観察し、川に戻して遊びました。

翌朝——、

少し早起きをしたぼくがキャンプサイトを散歩していると、「おーい！」と甲高い声で叫びながら、昨日の姉弟が駆け寄ってきました。

「おはよう」

歩きながらぼくが笑いかけると、「ねえ、今日も遊べる？」と弟くんが、こちらを見上げました。

「ごめん、今日はもう少ししたら帰るんだよ」

「えーっ」

と不満げな顔をしつつも、二人は跳ねるような足取りで、あれこれ話しかけながら、ぼくの後ろに付いてきます。

森のなかを大、中、小、と連なって歩く様子は、なんだかアニメ映画のキャラクター、トトロみたいだよなぁ——。

想像したぼくは、とても和やかな気分で、名前も知らない子供たちと、清々しい朝の森の散歩を楽しんだのでした。

森と沢……で、森沢なのです

37

銀座を赦し、赦される日

地下鉄の銀座駅から地上に出ると、思わず目を細めました。凜とした冬晴れに目を射られたのです。

この日、ぼくは「文章の書き方講座」を頼まれて、久しぶりに銀座に来たのですが、会場入りの予定時刻までには、まだ、ずいぶんと時間に余裕がありました。

というわけで、ひとりで「銀ブラ」スタートです。

歩行者天国になっている「銀座通り」はあえて避けて、碁盤の目のような路地に入り込みます。

そこは、いわば、ぼくにとっての「宝探しの庭」です。

世界各国の美味しそうな料理店や、雰囲気のいいカフェやバーを見て歩くのって愉しいんですよね。でも、新しい店の発見にわくわくするのと同時に、かつて通っていた店が潰れていたりもして、ときに感傷的になったりもしますけど。

あと、銀座には小さくて雰囲気のいい画廊やギャラリーも多いので、絵画や写真をさらりと鑑賞して歩く散歩もいいものです。

一丁目を歩いているとき、お気に入りの店の前を通りました。かつて、連載エッセイを書かせてもらっていた某雑誌の編集長が行きつけにしていたビールの専門店です。

「森沢さん、ギネスビールを日本でいちばん美味しく飲ませてくれる店があるから行こうよ」

編集長は、そう言ってぼくをその店に誘ってくれたのですが、たしかにそこで飲んだギネスビールは想像以上に美味しくて、いまだにぼくのなかでナンバーワンの座に君臨しています。

近いうちに、また飲みに行きたいな――。

そんなことを思いながら、店の前を通り過ぎました。

次に向かったのは、ちょっと特別な路地でした。

その路地のなかほどには、二十代の頃のぼくが、日々、通い詰めていた古いビルが建っているのです。

じつは、ぼく、写真集やグラビアの編集者として銀座で働いていたことがありまして、しかも、その期間こそが、ぼくの人生においての、いわゆる「暗黒期」と呼ぶべき時代なのでした。ようするに、若かりしぼくは「避けようのない土壺」にハマっていたのです。

詳細は書きませんが、とにかくまあ自分の努力では解決できないたぐいの問題に次から次へと直面させられてしまい、胃と十二指腸に穴を空けた日々なのでした。

あの頃は、心身ともに痛かったなぁ、ほんと。


さて、その路地に入り、目指すビルの前へとやってきました。

老朽化した焦げ茶色のビルには、もう店子《たなこ》が入っている様子はなく、ひっそりとして、がらんどうで……、まるでこの建物だけが深海の底に沈んでいるように見えました。

ぼくは歩道で立ち止まり、あの頃、通い詰めていたフロアの窓を見上げました。

無意識に、深いため息をひとつ。

ここは懐かしいけど、やっぱり――。

胸の浅いところに、ざらついた灰色のつむじ風が吹いて、ぼくは少しばかり息苦しさを覚えました。

あれから二十数年も経っているというのにね……。

やれやれ、と軽く呆れながらも、ぼくはしばらくの間、その鬱々とした胸の痛みを、あえてじっくり丁寧に味わうのでした。

なぜ、あえて痛みを味わうのかというと――、べつにぼくが「ドM」なのではなくて、小説家にとってかなり有用な「感情の取材」だと思うからです。つまり、この取材は、いずれ書くであろう小説のキャラクターたちを「より生々しい存在」にするための材料となるわけです。だからぼくは普段から、嬉しいときも、悲しいときも、その瞬間の感情をあえてじっくり味わうようにしています。

小説家にとっての「人生」は、まるごとすべてが「取材」であって、それを活かすも殺すも自分の腕次第だと思うのです。

思い出の路地に、びょうと冷たい風が吹き抜けました。

ひとりで勝手に傷心していたぼくは、いま心に刻みつけた痛みの深さに満足しながら腕時計を見ました。

タイムアップ。

本日の「銀ブラ」は終了です。

もう一度、焦げ茶色の古ぼけたビルを見上げてから、「ふう」と気分転換のため息をひとつ。ゆっくりと踵《きびす》を返し、講演会場に向かって歩き出しました。

そして、「昭和通り」の歩道橋の上に差し掛かったとき、なんとなく思ったのでした。

いつか、ぼくの「暗黒期」を私小説にしてみようかな――。

その小説を上手に書けたとき、ぼくはいまより銀座と仲良くなれそうな、そんな気がするのでした。

昭和通りの歩道橋から眺めた銀座のビル群

38 夜の公園に、黒ずくめの男が……

腰が痛くなるほどデスクに向かい続けているというのに、ちっとも筆が進まない夜――。

悶々としたぼくは、思い切って冬の夜の公園へと繰り出し、園内を散歩することにしました。

夜の公園には、ほとんど人がいないので、コロナ禍でマスクをせずに歩いていても、いわゆる「マスク警察」たちからの「圧」を感じずにいられるのがいいのです。

訪れたのは、鉄道の線路に沿って東西に長く作られた公園で、ぼくは西の端から東に向かって歩き出しました。

前を見ても、後ろを見ても、人の姿はありません。

貸し切りだぜ――と、こっそり喜びながら歩いていると、ふいに、ぼくの背後に怪しい黒ずくめの男が現れて、いきなりこちらに向かって走ってくるではありませんか。

えっ？　おいおい、なになに？

ぼくは、何度も振り返っては、念のため心のなかで臨戦態勢を整えていたのですが、黒ずくめの男は、ぼくのすぐ横をあっさり追い抜いて行ったのでした。

遠ざかっていく背中をよく見ると、それは「黒ずくめ」というより「黒いトレーニングウエアを着た人」であって、ようするに男は夜のランニングをしはじめたのでした。

驚かすなよな、まったく――。

勝手に被害妄想を発動させていたぼくが、ふと自分の格好を見たら、黒いジャンパーにブラックジーンズという、まさに黒ずくめ。髭を生やしている分だけ、ぼくの方が確実に「怪しい」のでした。

しばらくすると、前方から同じ男が走ってきました。

彼はランニングをしながらこの公園を往復しているようです。

夜の公園。可愛いはずの石像もやや不気味

すれ違いざまに顔を見ると、三十路くらいの爽やかイケメン。

やっぱり、ぼくの方が何十倍も怪しいやんけ……。


やがて、ぼくも公園の東端に達して、折り返しました。

そのまま少し歩いていたら、ふたたび彼が前から近づいてきました。

これで彼と出会うのも三度目だな、と思っていると、すれ違いざまに、ぺこり——、彼が軽く会釈をしてくれたのです。

この男、見た目だけでなく、中身まで好青年なのでした。こんな人にたいして勝手に臨戦態勢を整えていたなんて、あらためて自分が恥ずかしい……。

よし、四度目にすれ違うときは、こちらも会釈を返さねば。

そう思いながら歩いていたのですが、しかし、四度目は後ろから追い抜かれたので、会釈のタイミングを逃してしまいました。わざわざぼくが後ろを振り返って会釈をするというのは、ちょっぴり不自然だよなぁ、と思ってしまったのです。

しかし、五度目は前から来てくれます。

次こそは必ず、ビシッと会釈を返してやるぜ。

もはや、軽い使命感すら抱きつつ、園内を歩いていると——。

いつしかぼくは公園の西の端に着いていたのでした。

つまり、彼はもう、ランニングを終えて帰ってしまったのでしょう。

うむむ……。

筆が走らず悶々としていた気分を晴らすために、わざわざ公園まで出向いたというのに、今度は見知らぬ男に会釈をできないことで悶々としてしまうなんて。


このまま帰宅したら、負けだ――。


そう確信したぼくは、その足でコンビニまで歩いていき、マスクを着けて店内へと入ると、大好きなアメリカンドッグを買って帰宅しました。

最初から俺は、これを買うために外に出たのだ――。

そう自分に言い聞かせながら、ケチャップとマスタードをたっぷりかけて、ガブリ。

うまーい♪

悶々とした気分を塗りつぶすには充分な美味しさ。

ぼくは、甘じょっぱいアメリカンドッグという食べ物を発明してくれた人物を勝手に想像して、「あんたは偉い」と内心で拍手をしつつ、テンションを上げたまま執筆部屋へと戻るのでした。

そうして書けたのが――、はい、この原稿でございます。

つまり、この夜のぼくは、アメリカンドッグ一本で原稿が書けちゃう、「安い男」であることを、自ら証明してしまったのでした。

39

月のまわりに虹の暈

先日、執筆に疲れたぼくが、ふとＳＮＳを覗いたときのこと。

出会い頭の事故のように、女性アーティスト（絵描き）「Ｍさん」の訃報と出会ってしまいました。

「嘘でしょ……」

呆然としたぼくは、パソコン画面に向かってそうつぶやくと、慌ててＭさんのホームページを検索しはじめました。

しかし結果は、ＳＮＳに書かれていた通りでした。

深いため息をついて、ぼくは彼女のホームページを閉じました。

二〇年以上も前のことです――。
当時、ぼくが在籍していた某編集部にふらりと現れたＭさんは、ぼくと目が合うなりこう言いました。

「あれ、森沢くん、まだここにいたの？　駄目じゃん、さっさと辞めないと。あなたは作家になる人なんだから」

この台詞、Ｍさんにとっては些細な戯れ言だったかも知れませんが、ぼくにとっては後々の人生を左右するような、大きな、大きな、ひとことなのでした。

そのＭさんが……。

あらためて執筆に戻ろうとしたぼくですが、どうにも気分が暗い方に引っ張られて、筆がちっとも動いてくれません。

しかし、締め切りは確実に迫っています——、というか、もはや崖っぷちなのでした。

せめて少しでも気持ちを入れ替えよう……。

そう思ったぼくは、夜中の散歩に出かけました。

散歩のプランは「近所をぐるりと歩いて、いつもの自販機で五〇〇㎖入りのアイスティー（微糖）を買って帰る」です。

というのも、このアイスティーをごくごく飲みながら原稿を書いているときは、なぜか筆が走りやすい、というジンクスがあるからです。

真冬の冷たい夜のなか、一歩一歩たしかめるように歩きながら、ぼくはMさんの訃報で負った「心の傷」を見詰めました。

二〇年も会っていない人だけれど、それでも、やっぱり「痛いなぁ」と、素直に思いました。


人は、生きていれば、大なり小なり心に傷を負います。

ずっと無傷でいられるなんてことはありません。

だからこそ、ぼくは、あえて自分の心についた「小さな傷」まで、ちゃんと気づいてあげて、そして、その傷が癒えるまで、しっかり見守っていたいな、と思うのです。

なんとなく、ですけど——「優しさ」って、そうやって作られていくような気もするので。


路地の角を曲がったとき、ふと夜空を見上げました。

そして、思わず足を止めました。

月のまわりに美しい虹の輪が輝いていたのです。
これは「光冠」と呼ばれる珍しい気象現象です。

なんか、いいことがありそうだな――。

と、少し気持ちを和ませつつ歩いて、目的の自販機に到着。
さっそくコインを入れて、アイスティーのボタンを押すと、
ピピピピピピピピ……、
デジタル表示のスロットが動いて、ナント！
７７７７の「当たり」が出たのでした。
思わず「イエス」と小声を出したとき、すぐ後ろを人が歩いていて、めちゃくちゃ恥ずかしかったのはご愛嬌ってことで、とにかくぼくは、あらためてアイスティー

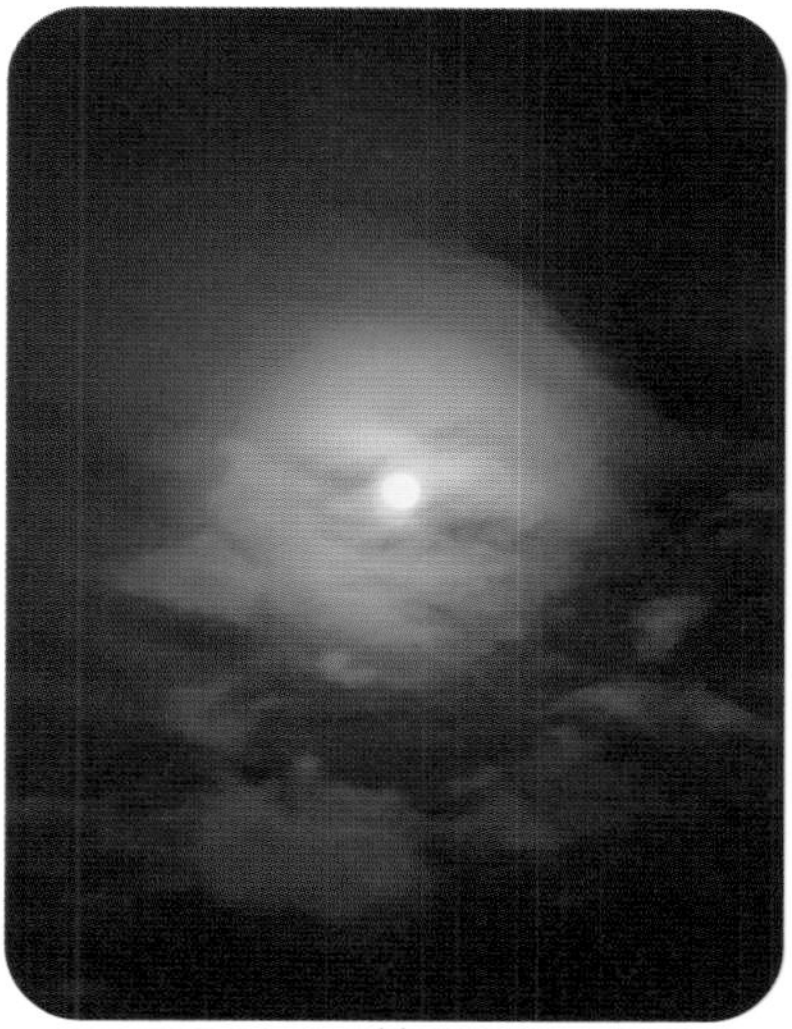
月のまわりに虹の暈《かさ》。これが光冠です

のボタンを押して、見事、二本目を手にしたのでした。

この「当たり」は、光冠のおかげかな、それとも――。

そう思って、ふたたび夜空を見上げたときには、もう、あの美しい虹の輪はありませんでした。

月は「ふつうの月」に戻っていたのです。

嬉しいことと、悲しいこと。

特別な月と、ふつうの月。

書ける日と、書けない日。

人生いろいろあるんだよ。

若干、書けない日が多い気がする自分を慰めながら、ぼくは真冬の夜のなかを自宅に向かって歩きました。

両手にそれぞれアイスティーのボトルを握りしめて、「冷めてえなぁ」と胸裏でボヤきながら。

40 色んなカタチがありまして

この間、散歩の途中にふとした気づきがありました。

シュロの樹の形って、よく見るとヘン！

というのが、その気づきです。

茶色いもじゃもじゃに包まれた幹も、葉っぱの形状も、その付け根のあたりの意味不明な複雑さも、とにかく、見れば見るほど不思議な形をしているのです。

その気づき以来、ぼくは、樹木や植物のヘンな形が妙に気になるようになりました。

シュロの形って、よく見ると奇妙ですよね？

瘤だらけの、ちょっと
可哀想な樹

ドレッドヘアに見えま
せんか？

この樹の形で正解なの
でしょうか？

たとえば、剪定されすぎて瘤《こぶ》だらけになってしまった悲しい樹や、ドレッドヘアのカツラをかぶったようなファンキーな樹、はたまた人間に刈られて幹に無数のマリモをくっつけたようなシルエットにされてしまった樹など――、もう、とにかくアレもコレも、よく見ると形がヘンなんですよ。

さらに時が経つと、ぼくは植物に限らず、色々なモノの形が気になるようになりました。

最近、気になったのは、民家の塀の上に並んでいる「防犯用の矢尻みたいなもの」でした。ようするに泥棒除けのトゲトゲなのでしょうが、よく見るとこれが洒落たデザイン装飾のようで格好いいんです。

他には、線路沿いの道路に伸びた「柵の影」も、やたらと目を引きました。

影といえば――、同じ坂道のアスファルトの上でも、季節や時間によって、まったく違った柄の影が落とされるということにあらためて気づいたとき、ぼくの脳裏には「諸行無常」という仏教用語が明滅して、なんだかしみじみとため息をついてしまったのでした。

当然ですけど、いま見ている眼前の風景とまったく

線路の柵がこんな影を落としました

同じ坂道でも、影が変わると風情が変わります

塀の上の矢尻は泥棒除け？

同じ風景は、もう二度と見ることができないんですよね。言葉を替えると「一期一会」というやつです。

だとしたら、日常の何てことのない風景でさえも、しっかりと見て、味わっておかないともったいないですよね。

自然と人間が創り出す幾千億の「形」――。

ぼくらが生きているこの三次元は「形」であふれています――というか、むしろ、数え切れない「形」の集合体こそが、この宇宙そのもので、しかも、永遠に変わりつつある。考えはじめると、あまりに壮大で呆然としてしまいます。

そういえば、子供の頃、ぼくは意味もなく空を見上げては、あの雲が魚に似ているとか、ハート形をしているとか、ライオンに見えるとか、「形」を見つけては喜んでいましたが、大人になったいまは、それが「何か」に似ていなくても、その「形」に個性を感じ、おもしろさを見いだせるようになった気がします。

だからこそ、昔よりも「ただの散歩」がいっそう楽しいのかも知れません。

いつの間にか、ぼくも少しは成長していたのですね。
ちょっぴり嬉しいな。

人間という生き物は「形」に限らず、色彩、音、感触、味、匂いなどに感動できる、という才能を天から授かっています。そして、ぼくは、「人生の価値を決めるのは、手に入れた財産の多さではなくて、味わった感情の質と量である」と思っているタイプです。

ということは――、五感を総動員して楽しめる「散歩」は、ぼくの人生の価値と直結する最高の趣味なのかも知れません。

歩いて、
出会って、
心を動かして、
その瞬間の感情を丁寧に味わう。
そういう散歩を生涯続けていきたいな、と思います。

あとがき

十代の終わりから二十代のなかばにかけて、ぼくは野宿での放浪生活にハマっていました。オートバイに乗って日本全国をぐるぐると巡り、美しい海辺や川原などにテントを張って暮らしていたのです。

いつも金欠で、腹ぺこな日々でしたけど、でも、日本の田舎はまだまだ捨てたもんじゃなくて、見ず知らずの怪しい野宿男のところに食べ物を持ってきてくれるような人も、けっこういました。

西日本のとある山奥で暮らしていたお婆ちゃんもその一人で、川原でキャンプしていたぼくに手作りのおにぎりを差し出しながら、こう言いました。

「あんた、貧乏そうだからねぇ。これ、食べな」

直球すぎる言葉に、ぼくは思わず笑ってしまったのですが、お婆ちゃんがくれたおにぎりは猛烈に美味しくて、三〇年近く経ったいまでもその味を思い出せるくらいです。

ぼくは（貧乏人なりに）、そのお婆ちゃんにお礼をしたくて、山に生えている熊笹を炙って作る「笹茶」を淹れてふるまいました。そして、何時間も川原でおしゃべりをして、「お茶友」になれたのでした。お婆ちゃんは、翌日もまた、おにぎり持参でぼくのテントに遊びに来てくれたのです。

当時のぼくは、オートバイに積載できるだけのモノ（と最低限のお金）があれば、何ヶ月でも生活できました。所持品はホームレスばりに少ないけれど、負け惜しみではなく、日々はとても充実していて、心はいつも豊かな状態だった気がします。おそらく、自由奔放に躍動する好奇心に、行動を伴わせていたことが良かったのだと思います。自分の心に、出来るだけ正直でいる状態——そういうときに感じる「生きる爽快感」はたまりませんでした。

もちろん、長い旅の間には、いいことばかりが起きるワケではありませんから、感動や喜びだけではなく、不安、寂寥、恐怖などもたっぷり味わいました。でも、その分だけ、心がいつも大きく揺れ動いているわけで——、それこそが「心の豊かさ」の正体だったのかも知れないな、といまになって思います。

ところで、野宿放浪の旅をしているとき、ぼくは「心を自由に解放しておく」ということを、とても大切にしていました。そうすると、いつでも「想像力の翼」を広げることが出来るからです。

例えば、見晴らしのいい湖畔にテントを張ったときに、

「いまから、ここが、ぼくの家だ」

と心で決めれば、その瞬間から、視界に入るすべての雄大な風景を「庭」に出来ます。そして、ぼくは、鷹揚な動きで珈琲を淹れ、折りたたみ椅子にどっしりと腰を下ろし、大富豪でも買えないような景色を「所有」しながら、唯一無二の贅沢な時間を過ごすわけです。

どうです、豊かでしょ？

じつは、この考え方、そのまま散歩にも転用できます。

近所をのんびり歩いている途中、あなたの視野に入った「美しいモノ」や「おもしろいモノ」は、まるごとすべて「あなたが味わえるモノ」ですし、もっと言えば、匂い、感触、味、音も、五感を活かして存分に味わい、愉しむことが出来るモノなんですよね。

大事なことは、散歩道にいくらでも転がっている「味わいたいモノ」の存在に気

づけるかどうか――、つまり、それを見つけられる「目」を持っているかどうか、だと思います。

しかも、およそ人生そのものの豊かさの成因さえも、そこに集約されているような気がするのです。

だから、ぼくは、これからも散歩を愉しみます。

道端で見つけられるモノとの出会いに、心をわくわくさせながら、自分の「目」をいっそう磨いて、この世界を少しでも丁寧に味わおうと思います。

最後に――、
一年半にわたるぼくの散歩にお付き合いくださって、どうもありがとうございました。
いつか、どこかの道端で、あなたとすれ違えたら嬉しいな。

小説家・森沢明夫

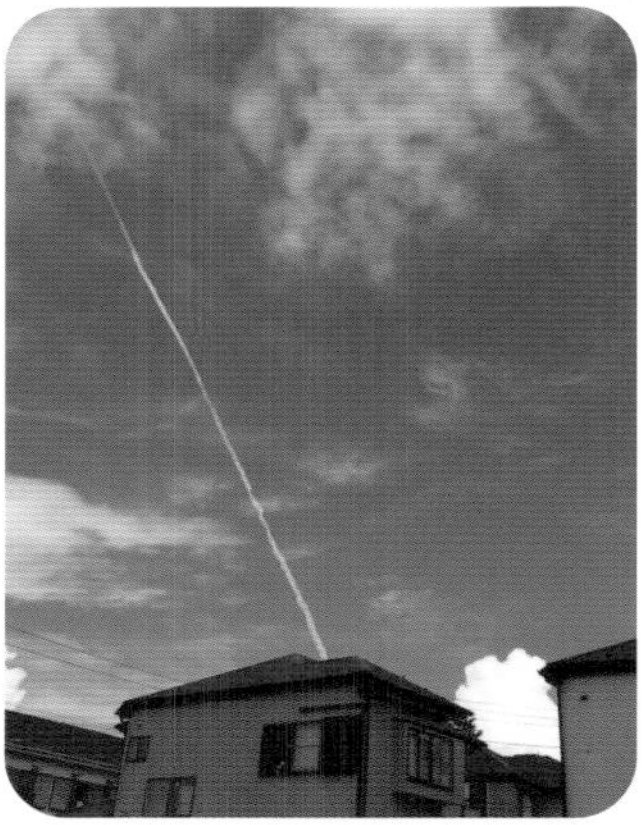

＊ 本書は、春陽堂書店Web連載「森沢明夫のごきげんな散歩道」（2019年9月～2021年3月）に加筆修正したものです。

＊ 本文中の写真は、すべて著者撮影によるものです。

森沢明夫（もりさわ・あきお）

1969年千葉県生まれ。小説家。早稲田大学卒業。
2007年『海を抱いたビー玉』で小説家デビュー。
『津軽百年食堂』『夏美のホタル』『虹の岬の喫茶店』『きらきら眼鏡』『ライアの祈り』など多くの人気作品が映画・ドラマ・コミック化されている。絵本や作詞も手掛ける。ほか小説作品に『雨上がりの川』『おいしくて泣くとき』『青い孤島』など、エッセイに『あおぞらビール』『ゆうぞらビール』『森沢カフェ』など著書多数。

ごきげんな散歩道《さんぽみち》

2021年7月29日　初版第1刷発行

著　　者　森沢明夫

発 行 者　伊藤良則
発 行 所　株式会社春陽堂書店
〒104-0061
東京都中央区銀座3-10-9 KEC銀座ビル9F
https://www.shunyodo.co.jp
TEL. 03-6264-0855（代表）

印刷・製本　ラン印刷社

本書へのご感想は、contact@shunyodo.co.jp にお寄せください。

ISBN978-4-394-77003-9　C0095